遥かなる愛と命

笹田栄喜

文芸社

遥かなる愛と命◎目次

秋の太陽が鮮やかな茜色の西空に傾き、今まさに瀬戸の海に沈もうとしている。明石海峡には壮大な吊り橋がその巨体を悠然と横たえて、淡路島と本州を一跨《ひとまたぎ》にしている。

全長三千メートルを超える世界最大の吊り橋、明石海峡大橋はこの島に住む人々の生活様式を否応なしに変えていった。しかしその容貌を一変させたとはいえ、この島の自然の豊かさは、今も変わらずその美を発揮していた。森には様々な鳥たちが戯れ、野山には四季の草花が身を飾り、海に目を移せば、海鳥が群れて優雅に飛んでいる。沖を行き交う本船は汽笛を響かせながら、その航跡《こうせき》で夕凪《ゆうなぎ》の瀬戸の海を揺らしている。この自然と近代化のアンバランスがこの島にはむしろなぜか調和していた。

そしてここは、そんな島の北東部に位置する瀬戸内海に面した、とある小さな町、そこからこのドラマは始まる。

第一章　初恋の花

細波《さざなみ》が寄せる浜辺の道を一組の男女が微笑みながら歩いていく。共に中学二年生の村上知香《むらかみちか》と池田達也《いけだたつや》であった。二人は家が隣ということもあって、まるで兄妹《きょうだい》のように育ってきた。

達也は母を二年前に失い、町会議員の父との二人暮らしである。知香もまた一人っ子という点では達也と同じであったが、知香には両親も祖父も祖母もいた。現在、祖父は外資系会社の役員として、祖母と共にカナダのモントリオールで暮らしている。父は会社を経営していて、母は家事に専念していた。

両方とも、いわゆる裕福な家庭で育ち、特に知香はそういう面では何不自由なく今の年齢を迎えていた。ともあれいつもこの二人が肩を並べて歩いていても、街に住む誰もが不思議には思わなかった。いや、むしろ一緒でない方が不自然にさえ感じていた。

「兄妹でもああはいくまい」と二人の爽やかな笑顔は人々の目に、現在《いま》多くの若者たちが失ってきた何かを蘇らせてくれた。

今日もまた、いつものように、夕陽を受けた二つの影が、その身長の倍ほどの長さで地に並んでいた。

その影が、砂浜に降りる階段に差しかかった所で止まった。

「ね、たっちゃん。久しぶりに砂浜に降りてみない⁉」

知香は頬に特徴的な小さなえくぼを浮かべて言った。

「そうだね」

達也は笑顔で頷き、防波壁の間にある細い階段を、さっさと降りていく知香に続いた。達也には気がつくはずもなかったが、知香にとって今の達也は最早《もはや》、幼友達の感覚ではなかった。いつ頃からなのか、知香の心の奥深くには達也に対する「愛」がそっと芽生えていて、淡い初恋の香りが、清純な知香の心の中に漂っていた。

砂浜に降りると、海を渡ってくる夏の名残を含んだ潮風が知香の髪を優しく揺らしていった。太陽は、今日の思い出を運んでいくように、今その姿を隠そうとしている。

知香は小石を海に向かって投げた。知香がここに来ると必ず見せる仕草である。小石はまるで今の知香の心を物語るように、あくまでも透明な海水に揺れながら沈んでいく。海面には小さな波紋が広がり、すぐに消えた。

知香は気づいていた。自分の達也に対しての「愛」に。しかしそれが「恋」であることには、まだ気づかなかった。「愛と恋」この微妙な言葉の違いさえが、今の知香には必要だった。ただそのどちらにせよ確かに今、知香はこの年代に相応した女性《おんな》としての心の扉を開こうとしている。そして知香の、決して早くはない初恋の相手が達也であることは、至極自然であった。今日まで物心がついてから幾年《いくとせ》、知香と達也の間には、何事も隠しごとをしない、といった不文律のようなものが自然と生まれていたが、知香は少しだけその約束を破っていた。今更、達也に向かって

「好きになったみたい」などとは言えなかったのである。しかし、この時、もし知香の精神がもう少し大人に近かったら、それとも、もう少し思いのままを言える子であったなら、今、この日暮れの浜辺はその心の一部分を告白するに相応《ふさわ》しい情景であった。だが、知香はそのどちらでもなかった。

「もうすぐテストだね。今度の数学は範囲が広いから、いつも以上に苦しみそう」

知香が海を背にして、手に着いた砂を払いながら達也に言った言葉が、この場での会話の始まりだった。

「そうだね。特に中二の二学期は、僕たちにとって一番大切な時だもんな」

「たっちゃんは大丈夫よ。頭いいから。普通にやっておけば、なんてことないもの」

「そうはいかないよ。もうそろそろ全国を見なければいけないし……。学校での成績が良ければいいってもんじゃないだろ？」

「それもそうね。でもたっちゃんは、あんなに陸上でも活躍しているのだから、どこかの高校に誘われるのじゃないの」

「それは分からないけど……。でも、楽はしたくないんだ」

「楽ってことはないと思うわ。誘われるってことは、他の人より頑張ってきた証拠だし、今からだって頑張るってことでしょ？」

知香の言うとおり、達也は県内の陸上大会において、中学生の短距離部門で好成績を残していた。

「それに、もう陸上はやめようと思ってる」

「どうして？」

「このままじゃ、どっちもどっちということになってしまいそうだし、先のことを考えると、僕の場合は、陸上をやめた方がいいと思うんだ」

「そうなの。少し、惜しい気がするな」

「でも、見切りをつけるなら、早い方がいいだろ」

「それじゃやっぱり東西高《とうざいこう》を目指すの？」

「うん。とりあえず、そっちの方を頑張ってみようと思うんだ」

「そう。大変だよね」

「でも、東西高に行ってしまうと、お父さんが一人になってしまうだろ。少し心配なんだ」

知香は微笑みながら頷いた。

「たっちゃんの優しさね」

「お父さんは淋しがりやだから」

「そうね。おじさんの仕事が仕事だし……。それでおじさんは、何て言ってるの？」

「頑張って東西高に入れ、って言ってる」

「なら、いいじゃない」

「簡単に言うよなあ知香は。でも僕にとっては結構深刻な問題なんだぜ」

達也は苦笑しながらも、知香のさらっとした言葉は好きだった。いつでもそうである。知香が誰かと同じ言葉を言っても、その響きは他人《ひと》とは何かが違っていた。

「お父さんが早く再婚でもしてくれれば心配しなくてもいいけど、なんだかそんな気はまだなさそうだし……」

「うん、そうね。おばさんは綺麗だったし、おじさんと超仲良しだったから、忘れられないのよきっと。なんだか私にもおじさんの気持ちが分かるような気がする」

知香は元気な頃の達也の母の姿を鮮明に思い出していた。

達也の母、静江《しずえ》は町内でも屈指の美人で、達也の自慢の母だった。知香も自分の母親と同じようになついていたし、静江もまた、達也の父がそうであるように、知香を我が子のように可愛がっていた。その静江を胃がんで失った達也の父は当時、悲惨な落ち込みようで、周りの人々を心配させていたが、一方で母を失ったまだ小学生だった達也の気丈な振る舞いは、多くの人たちの涙を誘っていた。

知香はその全てを目撃していたのである。そして達也を慰めるように、

「おじさんだって、まだ若いのだし、そのうち良い人が現れると思うわ。それに、あとのことは心配しないで！　私たちがいるから大丈夫よ。ちゃんとするから」

「ありがとう」

達也は知香の思いやりが嬉しかった。口にこそ出さないが、達也は自分にとって母のいない日々を、知香やその家族によってどれほどに救われ、勇気づけられてきたかを充分に認識していたし、感謝もしていた。

「ところで知香はやっぱり獣医を目指すんだろ？」

「うん。できたらそうしたいけど、でも今の成績じゃ無理かもね」

知香は手を後ろに組んで、足元の砂をそっと蹴るような仕草を見せた。

「本当言うとね、少し迷ってる。私はお馬さんが好きだから、その道に進みたい気持ちもあるし……。結構その方面の勉強もしてるんだ！」

「そうだったよな。知香の動物好きは有名だし、特に馬の話になると話が止まらなくなるものな」

「でも、お馬さんの話をしても誰も喜んでくれないわ」

「ハハハ。それは仕方ないよ。趣味の問題だし……。でも、知香はどうしてそんなに馬が好きなんだ？」

「分からない。気がついた時には好きになってた」

「うん。好きになるって、そんなものかもしれないな。でもそんなに馬のことが好きなら、騎手にでもなれば⁉」

達也のその言葉は、知香の胸に微妙な波紋を起こしたが、表情までは変えなかった。

「それは無理よ。私、運動神経良くないし。それに、私にはお馬さんを叩くなんてできない」

「そうだよな。運動神経はともかく、知香らしいよ」

「お馬さんに乗らなくても、お馬さんに関わるお仕事は沢山あるわけだし……。私のしたいことがそのうち、きっと見つかると思うの」

「そうだよ。まだ時間は充分にあるんだし……。でも、知香は偉いよ。もう将来に目的をもって進んでいるのだから」

「そうかなあ。私は、ただ好きなことをしたいだけ。たっちゃんこそ、大きな目標があるじゃない」

「僕は今のところ、東西高っていうだけだし、大したことはない。それに、その先はまだ見つけていないし、知香とは比べものにならないよ」

「ううん。そんなことない。東西高ってだけでも凄いことだし、たっちゃんならその先だって、きっと大丈夫よ」

「ハハハ、まだ分からないよ。ほんと、知香と話をしていると、なんだかその気になりそうだな」

「でも、たっちゃんと離れるのは、少し寂しいな……」

この時、知香はポツリと本音を漏らした。

「そうだね。今までのようには会えなくなるけど、僕たちは離れたって、一生友達でいられると思う」

「そうね……」

頷く知香であったが、達也のその言葉は、今の知香にとってなんとも味気なく、物足りなさを感じずにはいられなかった。

こうして、二人の他愛のない会話は、その砂浜に賑《にぎ》やかな足跡を残しながら続いていった。

やがて太陽は完全に姿を消し、深まりゆく秋を象徴するかのような筋雲《すじぐも》が、黄昏時《たそがれどき》の空に複雑な模様を描いていた。日の入りと共に風も一変して肌に冷たくさえ感じられた。

知香には、この短くて平凡な会話の一つ一つさえが、心に芽生えた愛を育てていったのである。その愛は、まさしく、知香の小さな胸に咲いた初恋の花の蕾《つぼみ》であった。

「少し寒くなってきたね、帰ろうか」

知香の言葉で二人は静かな波音をたてる砂浜をあとにして、すれ違った老婆と会釈を交わしながら家路についた。

知香と達也の家は、海沿いの道を少し上がった所に並んで建っていて、達也の家は近代的であったが、知香の家はいかにも旧家らしい佇まいを見せていた。

その達也の家の玄関先に来て、知香は達也がドアの鍵を開ける姿を何気なく見つめていた。達也はそんな知香に、

「どうしたの知香？」

「えっ。ううん何でもない。じゃあね」

知香は慌てて振り向いた達也に照れ隠しをするように、胸の前で手を振り、足早に自分の家の木戸を入っていった。知香の家の庭は広く、知香の家らしい様々な種類の花や野菜が植えられていた。

「お母さん、ただいま」

知香が明るい声をかけると、

「おかえり。遅かったね」

夕食の準備をしていた母、洋子の優しい声が台所から姿の見えないまま返ってきた。

「うん。たっちゃんと、少し寄り道してたから、ごめんなさい」

知香は、すぐに制服を着替えて、母のいる台所に入っていった。

「お、ニクジャガじゃん、どれどれ」

台所に入った知香は、いきなり鍋の中の芋を手で掴んで口に入れた。

「またお行儀の悪いことをする。いい加減になさい……。これ、達也君に持っていって！」

洋子は、今できたばかりの料理を小皿に入れて知香に渡した。知香が、それを達也の家へ届け

た時、達也は、ちょうど食卓テーブルに向かって、即席のラーメンを食べ始めるところだった。

それを見た知香は、

「もう、またそんなものを食べてる。ちゃんとしたものを食べなきゃあダメじゃない」

我が子を叱る母親のように言ったかと思うと、さっさと水屋《みずや》から達也の茶碗を取り出してご飯をよそった。その手際の良さはまるで我が家である。知香がそれらをテーブルに並べ終えると、

「ありがとう」

わずかに笑みを浮かべた達也は美味《うま》そうにそれを食べ始めた。知香は達也のこのような光景を度々目にしていたが、今更ながら「おばさん、こんなたっちゃんを残してなぜ死んでしまったの」と恨まずにはいられなかった。しかし、

「たっちゃんは、頭もいいし性格もいいけど、この方面だけはまるでダメだよね。いったい何度言ったら分かってくれるの？　大切な時なんだから、面倒でも頑張ってちゃんとしたものを食べなきゃあ」

知香の思いやりのある小言であったが、達也は箸を手にしたまま、

「たまたまだって」

「そう？　そのたまたまを私、何度も見かけるわ」

「………」

「たっちゃんにはまだ料理なんて無理なんだから、お母さんの言うとおり、夕食だけでも私たちと一緒に食べればいいのよ」

確かに洋子が以前、達也の父、栄治にそう勧めたが、栄治は「いくら親しくしていてもケジメ

だから」と丁重に断った経緯があった。

「それにしても、おばさんのニクジャガは最高なんだよね。悪いけど知香には絶対に出せない味だよな」

達也は、チラッと悪戯っぽく知香に目をやり、まるで知香の小言など耳にも入らぬ様子で毒づいてみせた。そんな嫌味を知香は嫌いではなかったが、

「もう、何よ、その言い方。私の言うことを全然聞こうとしないのだから」

「だって本当だろ」

「それにしてもそんな言い方しなくたっていいじゃない。そんなこと言うのだったら、これからはもう、たっちゃんには何も作ってあげないから」

怒る知香の目は笑っていた。

達也の父の夕食はほとんどが外食だったために、達也は一人で食事をすることが多く、近くの食堂で夕食をとる姿が頻繁に見られた。

食材は一週間に一度、買いだめされていて、すぐに調理できるように冷蔵庫に保存されてはいたが、知香が言うように十四歳の達也には、つい面倒になって簡単な食事で済ませることが多かった。知香もそれは理解していたが、だからといって「それでいい」とは言えなかった。

「それじゃあ私、帰るね。お風呂入れとくから」

知香は椅子から立ち上がり、風呂に湯を注ぎ、達也の家を出ようとしたが、何かを思い出したように、再び達也に目を向けて、

「ね、テストが終わったら、映画、見にいかない？」

「何の映画?」

「別に何でもいいの」

「オッケー」

「約束よ」

話は簡単に決まり、知香は微笑みながらその言葉を言い残して玄関を出ていった。

第二章　父からの贈り物

達也の家を出た知香は、そのまま家の中には入ろうとせず、縁側に腰を掛けて、両足をぶらつかせながら空を見ていた。

知香は夜空を見るのが好きだった。静かな宵に、虫の競うような鳴き声が、絶え間なく知香の耳に入ってきた。星は満天を覆っていて、誇らしげにその身を輝かせていた。知香はただ静かに宇宙の神秘を見つめていた。しかし、やがて襲ってくる知香への運命の悪戯を、今この時、この星たちは気づいていたのか。

この瞬間、知香の気持ちは、ただ、訳の分からない達也への複雑な思いでいっぱいだった。今、達也と別れたばかりなのに、もう会いたくなっている。「この気持ちは、いったい何?」と、考えても分からないもどかしさに、そう呟くしかない知香であった。

知香は中学生になってから毎日欠かさずに日記を書いていたが、ここにきて、その内容にも知香の思いのとおり、明らかな変化が現れていた。

今までの知香の日記には、「苦しみ」や「悲しみ」の文字はなかった。それほどまでにこの島に降る太陽の光は、知香の身も心も、すくすくと育ててくれたが、その太陽も、知香の初恋についてまでは関わりたくなかったようである。

果たして、今の知香の日記帳には、達也への慕情を意味する言葉でそのほとんどが埋められていた。

そんな知香ではあったが、少なくともまだ苦しんでいる様子はなく、その麗しい瞳は星の光を映しながら澄んだ秋の夜空を旅しているようだった。

どれほどの時が過ぎたのか、やがて父、幹夫《みきお》が帰ってきた。

「お帰りなさい」

知香はすぐさま縁側から立ち上がり、幹夫と共に玄関へと入っていった。家に入ると幹夫は、服を着替えながら、得意そうに言った。

「知香。今日は凄い話があるんだ。きっと驚くぞ」

「本当、どんな話？」

知香は幹夫の着替えを手伝いながら、興味深げに尋ねた。

「まあ、待ちなさい。お楽しみは食事のあとで……」

根の明るい幹夫は歌うような口調で言うと、口笛を吹きながら、風呂場へ入っていった。いうまでもなく、幹夫にとっても知香は命そのものであった。

洋子と知香が料理を温め直して、それをテーブルに並べ終えた頃に幹夫も風呂から上がり、食卓についた。洋子が幹夫にビールを注ぐと幹夫は美味そうに一気にそれを飲み干した。一日の平凡な出来事を軽く語らい、知香の好きな音楽を聞く。それがこの家庭のいつもの夕食風景であった。

食事を終えて、洋子と知香が落ち着くのを待って、幹夫は話を切り出した。

「実は今日、長野の叔父さんから電話があってね。馬を飼ってみないかと言うんだ」

「馬？」

知香と洋子は、ほぼ同時に声をあげたが、特に知香にとってはあまりの偶然に驚いた。つい先程まで達也とその話をしていたのだから。

「そう、馬。なんだか面白い話だろ⁉　知香は前から欲しがっていたし、こんな話はめったにあるもんじゃあない」

幹夫の独特の言い回しであったが、洋子は怪訝そうな顔で幹夫を見て、

「また、そんな大切なものをどうしてですか？」

「うん。それなんだけど、なんでも一歳のサラブレッドで、そこそこの血統なんだそうだけど、前脚のバランスが悪くて、競走馬としてやっていくのは難しいらしいんだ。君たちも知っていると思うけど、とんでもない良血《りょうけつ》でもない限り、実績のない馬はこの世界で種牡馬《しゅぼば》になることはできないだろ？　とくに競馬は、血統書が走っていると言われるくらいに血統を重んじる世界だからね」

「難しいことは分からないけど、それであなたに？」

「うん。ここは環境もいいし、少しヤンチャだけど賢そうな馬だから飼ってみないかと言ってきたんだ。それに、以前みんなで長野へ遊びに行った時、知香が馬にすごく興味を持っていたのを叔父さんが覚えていたらしくてね」

「変なことを覚えていたのね……。それであなたは、どう返事したんですか？」

「今日、家族で話し合ってから、ということにしたけど返事を急いでるらしいんだ。牧場だって役に立たない馬を飼っておくほど、余裕はないだろうし、僕の返答次第では他の方法を考えなければならないだろうからね。知香の気持ちなんて聞かなくても分かるけど、君はどう思う？」

「無理よ、そんなの。いくらなんでも馬なんて飼えないわ」

間髪を入れない洋子の回答に、目を異常に輝かせていた知香は、

「欲しい！　ぜったい欲しい。ね、いいでしょ、お母さん」

身を乗り出すように洋子にせがんだが、洋子は戸惑う表情を崩さなかった。

「でも、たいへんよ。お世話が……」

知香はこの時、内心、「しめた」と思った。それは洋子の言葉が、何がなんでも反対、というふうには聞こえなかったからである。

「大丈夫。お世話は私が全部するから。ね、いいでしょ、お願い」

珍しい知香のおねだりに洋子は困った時に見せる、頬を指で突く仕草をして、

「あなたは、どうなんですか？」

「そうだね。僕は、しばらくペットを飼っていなかったし、そろそろ何か飼ってもいいな、とは思っていたんだ」

「そう言うと思ったわ。あなた、本当はもう飼うことを決めているんでしょう。でも、馬でもやっぱりペットと言うんですか？」

「それは、ペットには変わりないだろう。大きいからといって、ペットじゃないってことはないよ」

「そうでしょうけど、なんだかピンとこないわ。ま、それはいいけど、経験のない私たちに馬なんて飼えるのかしら？」

「それは、心配ないと思うよ。今は餌も良い物が簡単に手に入るし、厩舎は庭の小屋に少し手を加えればいいし。それに僕も短い間だったけど、学生時代に牧場でアルバイトをしたことがあるからね。馬のことは多少は分かっているつもりだよ。それに、分からないことがあれば叔父さんに聞けばいい」

「………」

「決まり……！　ね、お父さん、馬が来れば乗馬だってできるのね」

「もちろんだとも。お父さんは得意だぞ。洋子だって、僕が馬にさっそうと跨《また》がっている姿を見たら、きっと僕に二度惚れするだろうな」

「そうね。長野の牧場で何度かあなたの乗馬姿を見たけど、素敵だったわ。あのこけ方」

「あら、お父さん、こけたの？」

知香はこれ以上にない笑顔で、幹夫の顔を覗いた。

「…………」

黙り込んで煙草に火を点ける幹夫に、洋子はクスッと笑って、

「知香がそんなふうだったら、もう私がどんなに反対をしても無理のようね」

と案の定、反対の意志がないことを明確に伝えた。

「やったあ！」

知香は、いよいよ興奮していた。

知香の家庭には以前、柴犬が二匹いたが、相次いで病死してしまい、その時の知香と洋子の悲しみようがひどかったために、それ以来、その類のものは飼おうとしなかったのである。

そのことからも分かるように、幹夫も洋子も動物は嫌いではなく、特に幹夫の動物好きは、小さい頃からかなり知られていた。その血を受け継いだのか、知香もまた、幼い頃から動物の絵本などを好んで見ていた。

その中でも知香が特に馬に興味をもつようになったのには理由《わけ》があった。

それは、先に幹夫が言っていた、知香がまだ幼い頃のことである。両親と共に、長野で幹夫の叔父が経営する牧場を訪れたが、その時、牧場長から、

「この馬は気が荒いので、決して近づかないように」

と言われていた。ある日その馬が、木柵の傍で激しく嘶《いなな》いて暴れていた。両親が目を離した隙に、幼い知香は何の抵抗もなく、木柵に近づき、馬に向かって、

「どうしてそんなに暴れてるの。ダメよ」

と馬を叱った。その表情は初めて間近で見る馬を恐れるでもなく、まるで友達にでも語りかけるふうであった。するとどうしたことか、その馬は急に静かになったかと思うと、知香の傍で首をうなだれて、甘えるような仕草さえ見せていた。遠くで気づいた厩《きゅう》務《む》員《いん》が、慌てて駆け寄り、知香をその場から立ち去らせたが、もしこの場の一部始終を両親や牧場長が目撃していたなら、もっと早くに知香のもつ、馬に対する不思議な才能を発見していたに違いなかった。

それ以来知香は、一人で馬に近づくことを許されなかったが、その話を聞いた牧場長は、知香がそこに滞在中、ことあるごとに知香をおとなしい馬の所へ連れていき、自由に遊ばせていたが、

知香はそこで一頭の子馬と意気投合してしまい、知香はともかく、子馬までが知香に寄り添って離れなくなってしまった、などという、逸話までが生まれていた。そんな光景を見ていた牧場長は、

「知香ちゃんの馬を見る目は、人とはちっとばかり違うようじゃな」

と笑ったが、幼い知香にもそれが誉め言葉であることが分かった。

このように、幼い頃の体験と、生まれついての動物好きがあいまって、今の知香の馬好きがあった。

知香は、今でも時々、近くの酪農家で飼っている馬に会いにいく。何をするでも、言うでもなかった。ただ、そっと馬を見つめていた。しかし馬は違っていた。知香の姿を見ると必ず反応して、いつもと違った行動を見せた。両親が、いや、知香自身さえも気づいていない、知香のその馬に対する不思議な力を、馬たちは見逃さずにいるようだった。

そして今、父からの思いがけない贈り物に、「馬が来るのだ。私の傍にお馬さんが来るのだ」と、知香は幼子のような気持ちになって、幹夫の肩に甘えていた。

その日の知香の日記には、これからの、まだ見ぬ馬との生活を思って、想像豊かな文字が夢のように躍っていた。また、最後の行には、達也への愛しい思いを綴ることも忘れなかった。

第三章　木塚早苗《きづかさなえ》

翌朝、いつものように知香は達也と共に学校へ向かった。学校までは約二キロの道のりである。知香が達也に昨夜の話をすると、知香の気持ちを知る達也は素直に喜んでくれた。

学校に近づくにつれて二人の周りには友達がみるみる増えていった。学校に着くと、知香はすぐに教室の前にある花壇に水をかけはじめた。金盞花《きんせんか》が所狭しと咲いている。水をやる係りが知香というわけではなかったが、いつの間にかその役目を知香が果たしていた。教室に入り、始業のチャイムが鳴り、しばらくすると、担任の教師が一人の少女を伴って入ってきた。朝の挨拶の後、教師は、

「今日は皆さんに、紹介する友達がいます」

と言って、入り口に立っている少女を教壇に上がるよう促して、黒板にその少女の名前を書いた。

「木塚早苗さんです」

教師が紹介すると、早苗は軽く会釈をした。

驚くほどの美人であった。黒い髪が背中あたりで揃えられて、色は白く、目鼻立ちは、まるで

テレビで見るアイドルたちを彷彿させるものであった。

「木塚さんは、お父さんの仕事の都合で、横浜からこちらに引っ越してきました。今日からこのクラスでみんなと一緒に勉強します。仲良くして下さい」

教師は平凡な型どおりの紹介をした。

知香たちは気づかなかったが、昨日のうちに一番後ろの窓際の席に、机と椅子が用意されていて、早苗は教師の指示に従ってその席に着いた。

休み時間に入ると、廊下や運動場のあちこちで、このクラスの男子は早苗の話で持ち切りだった。

やがてこの日も下校の時間となり、生徒たちはそれぞれ、思いのまま下校していった。知香は放送部に所属していて、陸上部で練習を終えた達也とは、ほとんど帰りも一緒だった。この日も知香と達也は、何人かのクラブ仲間と共に学校を出た。登校時とは反対に、時が経つにつれて、そのグループは小さくなっていき、そして道が浜辺に差し掛かる少し手前で、知香と達也は今日も二人になった。知香も女の子。今日、転校して来た早苗のことがやはり気になっていた。

「たっちゃん。木塚さんのこと、どう思う？」

知香は何気なく聞いてみた。達也は表情も変えずに知香に目を向けて、

「どうって、何が？」

「綺麗な子だよね」

知香の素直な気持ちだった。そして、達也の前に出て腰を屈め、達也の顔を覗き込みながら、

「ね、あんな子に好きって言われたらどうする？」

達也をわざと挑発するかのように知香は意地の悪い質問をした。

「なんだよ知香。つまらないこと聞くなよ」

達也はまるで興味なさそうに、苦笑を浮かべて目の前にいる知香の頭をそっと小突いた。知香は大げさに飛び退いて、

「痛っ！」

と笑顔で頭に手をやった。そしてなぜか嬉しくなった。

知香はスキップを踏みながら、再び達也と並んで歩き始めた。達也のこうしたわずかな言動の一つ一つが、今の知香の心に微妙な影響を与えていたのである。

蕾をもった花はあっと言う間である。違《たが》いなく、知香の心に蕾となった初恋の花も、早、花びらを開けようとしていた。

知香は昨日よりも今日の方が達也を好きになっていて、今のこの瞬間、知香の心には、その甘い香りだけが漂っているかのようだった。しかし、早苗という、一人の少女の出現によって、それは思いがけない形で切なさへと変化していくのであった。

やがて二人は、いつものように達也の家の前で別れた。知香が家に戻ると、庭先には早くも何本かの材木が置かれていた。幹夫が早速、小屋を改修するために知り合いの工務店に頼んだものらしく、工事のための準備も着々と進んでいる様子であった。

翌朝、知香が家を出る頃にはもう、大工職人の人たちが作業にかかっていた。

そのうちの棟梁《とうりょう》らしき人物を知香は知っていた。確か、達也の家を建てた人物である。

「おじさんだったの、工事をしてくれるのは」

「やあ、知香ちゃん、久しぶりだなあ。ずいぶん女らしくなったじゃないか。達也とはうまくやってるか？」

知香は今、はっきり思い出した。この棟梁は人はいいが、ひどく口が悪いと幹夫に聞いたことがある。それで知香も茶目っ気たっぷりに、

「おじさんに任せて大丈夫かしら」

「ハハハ。知香ちゃんも、言ってくれるじゃないか。驚くなよ、御殿のような建物を作ってやるから」

「間違えないでね。お馬さんのお部屋なんだから」

「なんだ。馬小屋か。わしはまた、知香ちゃんの部屋かと思っていたがな」

「……。行ってきます」

とても知香の勝てる相手ではなかった。

「ああ、行っといで。知香ちゃんが帰る頃には立派にできあがっているからな」

「えっ。そんなに早く？」

「んなもの、できたら大工のオリンピックにでも出るよ」

「もう、おじさんったら」

知香は、そそくさとその場を去り、達也の家のチャイムを押した。

第四章　揺れる心

それから十日後、あの棟梁たちの手によって改修工事もすっかり完成して、庭続きの畑の周りは柵で囲まれ、雑草で覆われていた土地は、ブルドーザによって整地されていた。馬にとって充分な広さとは言えないまでも、馬一頭を飼うための工事とすればかなりの規模であった。ともあれ、迎える側の準備は整っていた。

知香は、雨の日曜日、明日から始まる定期考査に備えて朝から机に向かっていたが、ふと窓の外を見ると、雨もやんでいて、雲間から筋を引くような太陽の光が注いでいた。知香は教科書を閉じて、

「お母さん、ちょっと浜に降りてくるね」

洋子に告げて、一人で浜辺に出た。西の空には、もうほとんど雲はなく、雨上がりの畑には餌を求めて何羽かの鳥たちが、その柔らかくなった地を忙しなく突いていた。

知香には、この幾日かの間に、ひどく気になる問題が生じていた。それは、転校してきた早苗が達也と、あまりにも親しくしていることである。休み時間になると早苗は必ず達也の傍にいたし、達也もまたそれを好意的に受け入れているふうで、昼休みになると、二人は図書室などでも

見かけられた。

知香は知香らしく振舞ってはいたが、そんな二人の間には最早、誰をも寄せつけぬ雰囲気ができていて、知香でさえ達也と以前のように話ができるのは、学校の行き帰りに限られていたのである。

とにかく、早苗の達也に接する態度は、中学生のそれとは思えなかったが、かといって、達也を責めることもできない。なぜならこの時、達也は知香の自分に対する思いなど、その欠片《かけら》さえ気づかなかったのだから。それに達也が早苗に気を引かれることは、多感なこの年齢の男子として、正常な心理でもあった。しかし道理として、恋する相手が違った時、必ず悲しむ人がいる。それが今の知香であった。ついこの前までの知香なら、この程度のことなど、笑って済ませていたに違いなかった。いや、むしろ達也と親しくする者は何人《なんびと》であろうと、自分の友達のようにさえ思ってきたが、さすがの知香も、今は、その気持ちにはなれなかった。

好きという言葉を単純に「愛」とするなら、知香はこの上なく達也を愛していたが、知香の場合、幼い頃から今までも、達也のことをずっと好きだっただけに、今の自分の気持ちに大きな戸惑いがあり、その愛が明確に「恋」だとは思えなかった部分もある。と、それは知香の言い分であろうが、現実には、問答無用で知香は達也に恋をしている。早苗に対しても表向きはともかく、それなりの反感はあった。しかし、知香は達也に「好き」と言えない以上、耐えるしかなかったのである。それでも知香は今感じている思いが、早苗に対しての「嫉妬」などとは考えたくなかったし、そう考えるほど、プライドをもたない知香でもなかった。

そんな中、知香は「なぜ、これくらいのことで深刻になるの、知香らしくないぞ」と気持ちの整理がつかないまま、自分を叱っていたが、その気持ちそのものがすでに達也への「恋」が、紛れもない事実、であることを証明していた。「この気持ちを誰かに言えたら……」知香の心は、知香自身に、そう言わせるところまで来ていた。

知香は今、まさに青春の入り口にいる。しかし、初恋という魔物は、大抵それよりも一足早くやってきて、幼い心をときめかせ、やがて切なさへと変わっていく。良くも悪くもそれは青春への登竜門、と言えなくもない。「どうなってしまったの……」知香は再び心で叫んでいた。

これが初恋、と本当に気づくのは、現在《いま》の知香ではないのかもしれない。それが実った時、あるいは終わった時、初めて「そうだったのか」と気づくことは少なくない。ともあれ、知香にとって降って湧いたようなこの苦悩は、まさに、芽生えた恋の蕾が、その心の中で、大きな花を咲かせようとしていた矢先の出来事であった。

知香が浜辺に来て、少しの時が流れ、いつの間にか空全体の雲は切れて、太陽は真上に来ていた。知香は気を取り直すべく「頑張らなくっちゃあ」と自分を励ますように呟きながら、浜辺を去った。達也の家にさしかかった時、知香は、達也に声をかけようと思ったができなかった。

「たっちゃん」

と微かな声で名前を呼んで、自分の家へ戻っていき、そしてまた机に向かった。

その日の夜、八時頃、ゴルフに行っていた幹夫が帰ってきた。

「風呂も食事も済ませてきたから、ビールでももらおうかな」

その幹夫に洋子は冷やしてあったビールを注ぎながら、

「お疲れ様でした。今日はチョコレートを何枚買いました？」

「そう来ると思ったよ。だけど今日は電車道だったぞ。キャディーさんだっていらなかったくらいだ。昼食も夕食も山口の奢りだ。ハハハ、ざまあ見ろってんだ」

「あら、乱暴な言葉ね。知香の前ですよ」

「いやあ、すまん、すまん。だけど山口の奴、僕からチョコレートをせしめることを生き甲斐のように思っているからね。今日は久しぶりにスカッとしたよ」

「そう、良かったですね。これでしばらくは、クラブを買い換えることもなさそうだし」

洋子は皮肉な目を傍にいる知香に向けて、片目を閉じた。

「ね、お父さん。チョコレート食べながらゴルフをするの？」

幹夫と洋子の会話でしばしば出てくる、素朴な疑問であった。幹夫は噴きだしそうになった口を両手で塞いだ。

「スコアが良くなかった人がご馳走したりすること。もっと深い意味もあるけど、知香はまだ知らなくていいわ」

答えたのは洋子だった。

「よくわからない」

「それでいいの。テストには出てこないから」

洋子もおかしそうに口に手をやった。この家庭は三人のうち誰が欠けても、その生活の機能は半減して、逆に三人が揃うと倍化するように見えた。それほどまでに、三人の家族ではあったが、それぞれのポジションが正常に機能していたのである。

洋子の皮肉にも気を取り直した上機嫌の幹夫は、空いたグラスに自分でビールを注ぎながら、

「知香、今週末、長野に行くぞ。三人で」

それは唐突であったが、知香はなぜ長野に行くのか、その理由《わけ》はすぐに分かった。そして洋子と幹夫の間では既に話ができている様子で、

「新幹線で、行くんですか？」

「車にしたよ。君も乗れるんだし、電車だと現地に行ってからが不便だからね」

「そうですね。それじゃあそのように準備しておきますから」

その意図を、とっくに悟っている知香も、

「じゃ、いよいよなんだ」

「うん。とにかく叔父さんの好意もあるし、馬も一度見ておきたいからね」

さらに、ビールを口に運んで幹夫は、

「それに、知香だって馬に乗れないんじゃあ話にならないだろ。お父さんが教えられないこともないけど、お父さんが教えて知香がこけるとまずいし、やっぱり、本場で体験した方がいいからね」

「こける」という部分に力を込めて、今度は幹夫がお返しのように、洋子に向かって皮肉な目を向けた。

「あら、あなた、この前のこと、まだ、根にもっているんですか？」

「いや、どうして」

「いいから、いいから」

知香が割り込んで、

「とうとうお馬さんに乗れるんだあ。ねえ、お母さんも教えてもらおうよ」

「だれに？」

「もう、お母さん」

「フフフ。冗談よ。でもお母さんはいいわ。それにしても今の信州は、紅葉が綺麗でしょうね」

むしろ、洋子の楽しみはそっちにあった。

「うん、まだ少し早いかもしれないけど、かなり色づいているだろうね」

「でも、変ね。こんなに、景色のいい所に住んでいるのに、なぜか他所《よそ》の景色も見たくなるんですもの」

「それは仕方ないだろう。いくらここが美しいといっても、毎日同じ景色を見てるんだからね。たまには、ここを出るのもいいよ」

「そうだけど、なんだか、そんなふうに考えると人間って、どこまでも贅沢にできているんですね」

「確かにそうだね。人間は、どんなに美味《おい》しい物でも、そればかりを食べていると、必ず美味しいと感じなくなるし、味覚でも、視覚でも、同じ理屈なんだな」

二人の会話はあらぬ方向へ進もうとしたが、知香は明日からのテストが気になっていて、

「とりあえず、その前にテスト頑張らなくちゃ」

席を立って、自分の部屋に行こうとした知香に、

「明日からだったね。それで、どうなんだ？　進み具合の方は」

「私なりに、頑張っているつもりだけど、あまり期待しないでね」

「ハハハ、お父さんは、知香に勉強の期待など一度もしたことはないよ。何も言わなくても、それなりの成績はちゃんと残しているし、それよりも、知香が今のまま素直に育ってくれる方がはるかに嬉しいよ」

「そうね。お父さんの言うとおりだわ。お母さんが言うのも変だけど、今の知香は私から見てもステキよ」

知香は、その言葉に「なぜ？　どうして今の知香がステキなの？　今の私は、最悪なのに」とわずかな反感を抱いたが、笑顔は消さなかった。

「なんだか、そんなに誉められると恥ずかしいわ……。お母さんの中学生時代はどうだったの？」

「そうね。そこそこかな」

「ふうん。じゃあ、私と同じだ」

「成績じゃあ知香の方が断然上よ。でも、お母さんが優秀だったのは、中学生時代じゃなかったけど、こんなステキなお父さんを人生のパートナーとして選んだこと。それは、知香にも負けないと思うわ」

知香はその瞬間、チラッと幹夫を見たが、その幹夫はなんとも複雑な表情をして、小さく咳払いをしていた。だが、知香はこの母の言葉は「本当だろう」と受け止めていた。知香にとってもまた幹夫は理想の男性だったのだから。しかし、それを真顔で言える洋子に、

「ご馳走様。勉強するわ」

知香は、呆れた表情を、さらなる笑顔を以って見せながら、自分の部屋へと入っていった。

自分の部屋に戻った知香は、勉強の前に日記帳を開き、少し前の日付を捲《めく》って読み返していた

が、つい先程までの笑顔は失せて、悶々とした浮かない表情に変わっていた。これほどまでに健全な知香の心も、この切なさには勝てなかったようである。

やがて、知香は「フッ」と溜め息をもらし、今の気持ちを、そのまま、その白紙のページに綴り始めた。


翌朝、昨日の朝の天気が戻ってきたかのように、かなり強い雨が降っていた。知香は今朝もまた達也を誘って学校へ向かった。いつもの風景である。達也と顔を合わせた知香は、瞬間的に、達也の知らない所で、昨日、一人で悩んでいた自分を思い出して、何か気まずさを感じたが、それも一瞬で、すぐにいつもの屈託のない知香に戻った。といっても、やはり二人の間には以前のような雰囲気はなく、その会話もどこかぎこちなかった。

そして、強いて浮かべていた知香の笑顔も、学校へ着いてすぐに消えた。

知香たちが、途中で一緒になった友達と共に校舎に入り、傘の滴を払い、上履きに履き替えようとした時、早苗が駆け込むように入ってきて、達也に気づくと、まっすぐ達也に向かい、

「池田君、オハヨ。ね、来て来て」

早苗はいきなり達也の腕を取り、達也と二人で廊下を、さっさと歩いていったのである。傍にいた知香の親友である、小宮和代《こみやかずよ》が唖然として、

「何よあれ、信じられない」

もろに不愉快そうな顔をして、知香の表情を見た。その知香には、いつもの笑顔はなかったが、それでも表情を変えず、雨に濡れた制服をハンカチで拭いていた。和代は、知香のそんな姿にい

じらしさを感じて、否でも応でも、その二人に対して、怒りが込み上げてくるのだった。その和代は、知香の心を知香以上に理解していたのである。

知香たちが教室に入ると、早苗は教科書を広げて、達也の席で何かを聞いていたが、知香はまるで何事もないかのように静かに自分の席に着いた。しかし、和代は面白くなかった。そしてその気持ちのまま行動に出た。自分の席にカバンを置いたかと思うと、中から適当な教科書を取り出して、達也の席に向かったのである。

「ね、達也君、ここ教えてくれない？」

目を吊り上げた和代は、教科書を差し出して、早苗と達也の間に割り込んだ。早苗は一瞬、憮然とした表情を見せたが、何も言わずに自分の席に戻った。

和代も、知香が感じているように、早苗の達也に接する態度に反感を抱いていたのか、それとも仲の良い知香の気持ちを察してなのか。ともかく和代は険しい顔で、達也にどうでもよい質問をしていた。達也は明らかに戸惑っていた。この種の問題になると、必ずと言っていいほど男子は鈍感になる。頭の良い達也もまた、男子の一人であった。

第五章　友　情

二学期の中間考査は、初日にわずかなゴタゴタはあったが、四日間の日程で終わり、知香の予想どおりに、クラスの生徒たちは、口々に「やばいよ」を連呼していた。

その日、クラブ活動はなかったが、知香は掃除当番のために、達也と下校を共にすることはできず、同じ当番だった和代と二人で学校を出た。今日の淡路の空は、南の海上にある台風の影響で風も強く、どんよりと曇っていた。いつも和代と別れる場所に来た時、和代はいつもと変わらぬ様子で、

「知香、少し話していかないかなあ」

知香の表情を窺うようにして誘った。

「いいよ」

知香は愛想よく答えた。知香と和代は脇道に入り、山道を少し登った所にある小さな公園に来て、そこの丸太のようなベンチに並んで座った。ここは、いつもであれば瀬戸の海が一望できる景勝地《けいしょうち》であったが、今日の海は鉛色の空を映して視界も悪く、高い波が岩で砕け散る、いわゆる男性的な姿だけを見せていた。

「知香、これでいいの？」

和代は、いきなり話を切り出した。知香は少し戸惑った表情を見せたが、和代の言いたいことはすぐに分かった。しかし、あえてその表情を見せまいと、

「何が……？」

知香には苦しい返事であった。

「木塚さんのことよ。このところ達也君に対して変に気安くしていると思わない？　なんだかおかしいよ。私、我慢できない。だって転校してきて、まだ幾日も経ってないじゃない。あれじゃあ、仲良くしろって言われても無理だよ。このままだといつか達也君を木塚さんにとられるよ。知香は平気なの？」

和代は真剣だった。一途なその性格は、誰であろうと、知香に刃を向けることを許さなかったのである。

しかし知香は、

「かずの悪い癖がまた始まったな。言いたいことは分かるけど、少し飛躍しすぎじゃない？　たっちゃんはあんな性格だから、木塚さんだって話しやすいんだよ、きっと」

「そうだね」とは言えなかった。

「ううん、それだけじゃないわ。知香は甘いよ。誰が見たって普通じゃないもの。達也君も達也君よ、どうしてあんなに木塚さんと親しくするわけ？　知香だって本当は悔しいんでしょ」

確かにその言葉は当たっていた。悔しくないはずはない。そして知香は達也との今までの関係を恨んでいた。幼友達であるが故に、言えないことだってある。純白の知香の心は、その気持ち

を抑えることしか考えられなかったが、それにしても和代の鋭い感覚は、やはり知香の思いを見通していた。

「知香は達也君のことが、好きなんでしょ」

和代は、ズバッと聞いた。

「…………」

「黙っているところを見ると、やっぱりそうなのね」

しかし、このまま知香も黙ってはいられなかった。

「もちろん、たっちゃんのことは好きよ。でも、かずが言っているような意味じゃないわ」

「そうかしら」

「どうして？」

「どうしても……。それくらいのことが分からないなら、知香の親友だ、なんて言っていられないもの」

「…………」

「知香は、気がついていないのか、それとも私に隠しているのか、どっちか分からないけど、間違いなく達也君のことが好きになっていると思うわ」

「かずに、隠したりはしないわ」

「だったら気づいていないのよ」

「言っている意味が、よく分からない」

知香にその意味が分からないはずはなかったが、それは知香にとって、小さな仕方のない嘘だった。

「そう。分からなければそれでいいけど、一つだけ言っとくね。私たちは、知香と達也君のことが好きなの。私たちにとって二人は、憧れというか、夢だし希望なの。知香たちの友情が壊れるなんて、考えられないし、どんなことがあっても許さない」

和代の声が微かに震えて、

「知香はいつだってそうよ、絶対に自分の心を見せようとしない。それは知香の魅力には違いないけど、場合によるわ。今度のことだってそうよ。知香は何もしようとしないし、私にだって、自分の気持ちを隠そうとしているもの」

「やめて、かず。私、かずに隠しごとなんてしてないし、たっちゃんとの友情だって壊れているとは思わない」

「だったら、この場で達也君のこと、好きって言える？」

「さっき、言ったでしょ」

「ごまかさないで。意味が違うって知香、言ったじゃない」

「かず、どうして、そんなに好きっていう言葉にこだわるの？」

「こだわるなと言う方が無理でしょ。今まで知香が大切にしてきたものを失おうとしているのよ。それに、このことは知香だけの問題だけじゃない。私たちの問題でもあるのよ」

「…………」

「知香、この頃、自分でも変わったと思わない？」

「…………」

「達也君にも、変に遠慮して、自分を抑えてる。私、そんな知香の姿など見たくない……。こんなに優しい知香なのに。悲しすぎるよ」

和代は、ついに涙を浮かべてしまった。涙脆《もろ》い和代ではあったが、このような形で知香に涙を見せるのは初めてである。

「かず……」

知香は制服のポケットからハンカチを取り出して、和代の涙をそっと拭いた。和代は成績もよく、ユーモアセンスに富んだ、めりはりのあるその性格は、知香とは違った意味で、クラスの人気者だった。その和代が今、私たち、いや私のために涙を流している。知香は、こみ上げてくる気持ちを抑えながら、

「かず、ありがとう。かずの気持ちは嬉しいけど、私とたっちゃんは幼友達なの、本当にそれだけ……」

知香は和代の友情を熱く感じながらも、切ない心のうちを、やはり明かすことはできなかった。

「それに、たっちゃんが誰を好きになったとしても、私たちに何も言う権利なんてないもの。それは今までだって、これからだって同じよ」

達也に思いを寄せているのは自分の勝手。達也に何の責任があるというのか。自分が今、和代に本当の心のうちを明かせば、和代のことだ、きっと達也にも黙ってはいない。自分の言葉一つで、達也に嫌な思いをさせることになる。そんなことはできない。知香の頑な態度はそこにあった。

「知香らしいよね、その言い方。それに、私がこんなこと、知香に言うのも変だよね。自分でも

分かってる。だけど知香の気持ちは本当にそうなの？」

「…………」

「知香は自分の気持ちに、もっと正直になるべきよ。確かに、知香の言うとおり、達也君が誰を好きになろうと自由だけど、達也君が知香の本当の気持ちを知っていれば、こんなふうにはならなかったと思う」

「かず、もういいよ。やめよ」

「ううん、やめない。知香はいつだって、人のことばかり考えているじゃない。知香。知香が達也君のことを、いつまでも幼友達なんてつまらないことにこだわっていたら、達也君の気持ちは本当にどこかへ行ってしまうよ。きっとそうなる」

そこまで自分を思ってくれる和代に、知香はもう言葉が返せなかった。確かに知香は人の心を何よりも大事にした。しかしそれは知香の感性であり、それこそが知香の優しさの所以《ゆえん》であった。和代もまた、それ以上は言わなかった。「知香の、稀《まれ》に見る心の美しさを傷つけたくない」、和代の気持ちはその一念であった。

二人はやがて沈黙の中で、海に目を移し、白波を立てた瀬戸の海を見つめていた。それは、二人の目にはなぜか、蜃気楼のように映っていた。

和代と別れたあと、知香はひとり思った。この気持ちを達也に打ち明けてどうなるというのか。今のままなら達也といつだって、今までどおりに会える。

「言えない。絶対に」

知香は心で呟いてフッと溜息をつき、家路を急いだ。

第六章　星空の下《もと》で

あくる日の夜、達也の父、栄治と、達也を交えた二つの家族は、知香の家で夕食を共にすることになった。幹夫が昨日、沢山のカニを持ち帰ったことが起因であったが、両家が食事を共にすることは、別に珍しいことではなかった。幹夫と栄治は同級生で、大学も同じだったし、その友情は薄れるどころか、今も無二の親友として、兄弟以上の付き合いをしていたのである。

夕食は八時頃から始まり、二人は酒を酌み交わしていたが、幹夫と違い、栄治は酒は好きだが弱く、すぐに顔を紅く染めていた。その栄治は、知香に視線を向けて、

「知香ちゃんは、大きくなったら、達也のお嫁さんになってくれるんだろ?」

と言って、達也を慌てさせた。その何気ない栄治のひと言も、今の知香の心には信じられないほどの強い振動となって響いたのである

「お父さん、何、馬鹿なこと言ってるんだよ。酔うとすぐにこれなんだから……」

「何っておまえ、お父さんは大歓迎だな、知香ちゃんとなら」

「僕たちはまだ、中学生なんだよ」

「そんなことは言われなくたって分かってるよ。だから、大きくなったら、と言ってるじゃない

のか？」

「おかしな奴だな。おまえ、何、むきになっているんだ。それとも他に誰か好きな子でもできたのか？」

「それが、いけないって言うの！」

か」

これこそ知香にとって、これ以上にない無神経な言葉であった。

「そんなこと聞かないでよ」

達也は絶対的な否定はしなかった。洋子と幹夫は笑って聞いていたが、幹夫は、

「栄治、もう酔ったのか。そんなことを言ってると、達也に嫌われるぞ」

「酔ってはいないよ。俺はただ、知香ちゃんを達也以外のお嫁さんにはさせたくないんだ」

「なんだおまえ、それじゃあ、今のことは本気で言ったのか？」

「冗談だと思っていたのか？」

「当たり前じゃないか。そんな話を、この時期に突然聞いて、誰が本気にするもんか」

「それもそうだな。だが、おまえは知香ちゃんと達也は最高のカップルだとは思わんか？」

「やめて、おじさん」

耐えられず、知香がその話を止めようとした。

「そうですよ、二人を目の前にしてする話ではないでしょう。何ですか、もう。酒の肴なら、まだ沢山ありますから」

洋子もその話を叱った。

「いやあごめん、ついつい、調子づいてしまって……」

「お父さんの悪いところだよ。酒を飲むと軽口《かるぐち》なんだから」

「もういいわ、たっちゃん」

「ハハハ、達也の言うとおりだ。それより、おまえ自身のことはどうなんだ。このままではいかんだろう？」

「そうですよ栄治さん。栄治さんの気持ちは痛いほど分かりますけれど、お仕事のことだってあるし、もうそろそろ自分のことを考えてもいいのじゃないかしら」

洋子も幹夫も、栄治の心の内を知り尽くした上での言葉だった。

「達也の前だが、静江さんのことをいつまでも引きずっていては、これからのおまえの人生にプラスになるとは思えないな。再婚のことも含めて、考え時だとは思わんか？」

「…………」

「達也君は、どう思ってるの？」

その洋子の問いに、複雑な表情で話を聞いていた達也は、

「僕は、お父さんが大変だからとか、僕が淋しいだろうからとか、そんな気持ちで結婚するなんて絶対賛成できない。相手の人にも失礼だし」

「…………」

「でも、お父さんに本当に好きな人が現れたら、反対なんてしないよ。喜んでお母さんと呼ぶ」

それは知香に新たな感動を与えた。「これが私の好きなたっちゃんなんだ」と。

「達也、良い答えだな」

幹夫は称えながら、優しい瞳を達也に送った。

「そうね。達也君の歳ではなかなか言えない言葉ね。なんだかせっかちに考えていた私が恥ずかしいわ」

「いや、幹夫や洋子さん、知香ちゃんにはいつも感謝してるんだ。それに、達也もありがとう」

寸前までほろ酔いだった栄治の姿ではなかった。

「ただ僕の中では、静江のことは昨日のような出来事なんだ。皆には心配をさせてしまうが、もう少しだけ時間をくれないか」

「いいのよ、栄治さん。私たちがいけなかったの。ごめんなさいね、嫌な思いをさせてしまって」

「洋子さんに謝られるとかえって辛いよ。僕もこのままでいいとは思っていないし、もうすぐ静江の三回忌だから、法要を済ませたあとで自分なりのケジメをつけようと思ってるんだ」

洋子たちのおせっかいもあながち無駄ではなかったようである。静江への未練を断ち切ることのできない栄治からその言葉を引き出せただけでも、ある意味収穫だった。幹夫たちも決して栄治の再婚を急がせようとしているわけではなかった。ただ、年齢的にも男盛りの栄治が、このまま静江をしか愛せないでいるその心が忍びなかったのである。

「おまえのひと言が思わぬ深刻な話になってしまったな」

「しかし、ちょうど良い機会だったかもしれん。達也にも俺の気持ちを分かってもらえただろうし、俺も達也の気持ちが分かったんだからな」

栄治は快い笑顔をそこに見せた。

「さあ、この話はここまでだ。もう少し飲むか。俺は明日の夜から長野に行くので、深酒はできんが」

その後、幹夫たちはうってかわった明るさで、ゴルフや世相談義に入ったために、知香と達也はどちらから誘うでもなく揃って庭に出た。昨日まで停滞していた台風も去り、今は爽やかな星空だった。二人は縁側に腰を掛けて、互いに思い思いの星を見つめていたが、達也が、

「知香、ごめんな」

「えっ、何が？」

「お父さんのこと」

「おじさんのことって？」

「ほら、知香のこと。お嫁さんとか言って」

「なあんだ。そんなこと気にしてたの？」

「だって普通、子供にあんなこと言わないだろう」

「おじさん、寂しいのよきっと」

「だからと言って……」

「もういいじゃない」

知香は、栄治に「やめて」とは言ったものの、心の全てがそう言わせたものではなかった。

「たっちゃん！」

「ん？」

「ううん、何でもない」

何を言おうとしたのか。知香は達也からすぐに目を逸らし、少し乱れたスカートの裾を直した。

「なぜ、本当のことが言えないのだ知香」そう思ったのは、この場を照らす星たちだけだろうか。

達也は気を取り直すように、そこを立って、空を見上げたままで、

「今、僕たちが見ている間にも、数え切れないほどの星が、生まれたり、死んだりしてるんだよね」

「うん。あの星の中には、自分の星があるって聞いたことがあるけど、本当かな？」

「分からないけど、三国志には、諸葛孔明という偉い武将がいて、その人はある夜、自分の星が消えそうになるのを見つけて、自分の死期を悟ったらしいよ」

「そうなんだ!? 私は人が天国に行った時に、お星さまになるのかと思っていた」

「その考えも間違いじゃないと思うけど、ほら、よく何々の星の下に生まれてきたなんて言うだろ？」

「そうね。でも、そう言われて星を見ると、また違った趣があるね」

知香はその瞳を動かそうとせずに頷いた。そしてその時、自分が怖かった。この心地よい夜が、センチになった気持ちに誘われて、抑えている全てをさらけ出しそうで。だが達也は、やはり知香の心のわずかな変化には気づかなかった。鈍いといえばそうかもしれないが、それは仕方のないことである。いくら聡明な頭脳といえども、十四歳の達也に、あくまでも心根を見せまいとする少女の微妙な心理までを理解し得るはずはなく、またそれほど達人な達也ではなかった。特に今の知香の心は、絹糸のように繊細になっていたのだから。

「あっ。流れ星」

知香と達也がほとんど同時に声を上げた。

「でも、お願いごとをする間《ま》なんてないわね。もう一度流れないかな」

知香は、無邪気に星が流れた方向を見つめていた。

「知香、願いごとあるんだ?」

達也は、そんな知香に向かって笑顔で聞いた。知香の横顔もまた、わずかに笑みを浮かべて、

「ありますよ、沢山……。でも流れ星さんにお願いしたいのは一つだけ」

それは意味深長な言葉であった。「一つのお願いごと」それは知香自身でなければ分からなかった。揺れ動く初恋を胸にした、今、知香が言える精一杯の愛の告白であった。自分の本心を、言おうが言うまいが「恋」に変わりはない。知香は後者を選んだ。というより、兄妹のように育ったその境遇が、それを言えなくしていたのかもしれない。しかしそうでなかったとしても、知香の性格として、言えたかどうか。

ただ達也にもそれらしき兆候がなかったわけではない。達也がそんな知香の横顔を、ふと見た時、思わず驚いた。月の明かりに照らされて、蒼く映された知香の姿はまるで妖精のように見えた。これまで知香とは、野を駆け、川や海で遊び、あらゆる角度からその姿を見てきた達也であったが、言えることは、今までに一度も知香のことを「女性《おんな》」として見たことがなかった、ということである。しかし、今日の達也は少し違った。知香の黒髪が夜風に靡《なび》いて、その甘い香りが達也を包み、知香の白い項《うなじ》が仄かに見えた。達也には今の知香の姿が眩しく映っていた。早苗とはまた違った美しさがそこにある。それは今この瞬間、知香の心から滲み出る、愁いの美であるかのように。

そして、達也もまた、恋への一歩を踏み出してはいた。知香にとって不幸なことは、その対象が知香ではなかったことであったが、早苗の出現は、達也の心を大きく変えさせた。いわゆる、

異性への芽生えである。学習に励み、時には家事までもこなしてきた達也であったが、この幾日かの間で、明らかに変わっていく姿を、見る人は見ていた。

知香は、こんなふうに達也と二人で星空を見ることが、あと何度あるのだろう、と達也への密かな思いは募るばかりであった。

二人は、その後も何事かを語らいながら美しい夜を過ごしてはいたが、今、この時において、それぞれの思いが、一つに重なり合うことはなかった。

そして、この時、達也は自身にとって、後々、大きな問題となる過ちを犯そうとしていた。それは、早苗に頼まれて、今度の日曜日、この島を案内するという約束であった。達也は特にそれを知香に隠すつもりはなかったが、この夜の雰囲気は、その事実を知香に打ち明ける機会を奪っていた。

第七章　ジェンヌ

土曜日の夜十時頃、知香たちは幹夫の運転する車に乗って、長野に向かった。昨日の夜出発の予定だったが、幹夫の仕事の都合で、今日に変更されたのである。そのために知香は月曜日、学校を欠席することになった。

明石海峡大橋を渡り、名神、中央道、長野自動車道など、高速道路をいくつも乗り継ぎ、途中、何度かパーキングで休憩をとり食事もしながら、車は快適に目的地に向かって走っていった。

幹夫の叔父が営む牧場は、「ありあけ牧場」といい、北アルプスの裾野、穂高にあった。車は幹夫と洋子が交互に走らせて、朝七時頃、朝靄に包まれた牧場に着いた。長野に入ってからは、洋子が予想をしていたとおり、車窓を通して、紅葉がかなり進んでいることを窺わせた。

車から外に出た知香は、気温の低さに驚いた。アルプスから吹き下ろしてくるその風の冷たさは、まるで異質のものであった。

「ごくろうじゃったの、疲れたろうが」

牧場長の武次郎《たけじろう》とその妻、志乃《しの》である。幹夫がおよその到着時間を知らせていたので、庭先に出迎えてくれた。夫婦は共に五十歳代半ばで、長男夫婦と二人の従業員と共に、この牧場を切り盛りしていた。

「叔父さん、叔母さん、お久しぶりです」

幹夫たちはそれぞれ、久しぶりの対面を喜び合って、会釈を交わし、知香もまた礼をしながら挨拶をした。

「確か、知香ちゃんというたかいの。えろう大きゅうなって、いくつになったんじゃ？」

武次郎が目を細めながら訪ねた。

「十四歳です」

知香が笑顔で答えると、志乃が、

「もう、そんなになるかの。この前に来た時は、こんなんじゃったもんね」

と手で自分の腰辺を指した。

「まあ、まあ。話はあとだ。疲れたろうが。早《はよ》う中に入って、何にもないが朝飯でも食べてくれや」

三人は武次郎に促されて家に入り、用意されていた朝食を食べた。アルプスから流れ出る水で炊かれた白米や味噌汁の味は、確かに絶品だった。幹夫と知香はおかわりをした。幹夫はともかく、知香が朝食をおかわりすることなど、今までになかったことである。

幹夫と洋子は食事のあと、旅の疲れを癒すべく、休息をしていたが、知香は一人外に出て、自分の街とは違った自然の美しさを眺めていた。今は朝靄も晴れ、周りには紅葉の進んだ木々が露に濡れ、朝陽を浴びて、まるでダイヤモンドのように幾色もの光を放っていた。遠くに目を移すと、二千メートルを超えるアルプスの山々が、町を見下ろすようにその勇壮な姿を見せていて、その中腹をゆったりと、白い雲が流れていった。

牧場には早くも、数十頭の馬が放牧されていた。

知香は早速、牧場の木柵に近づき、目を輝かせながら、興味深そうに放牧された馬たちの行動を眺めていた。するとで遠くで遊んでいた一頭の若駒が、ゆっくりと知香の傍へ歩いてきて、知香の差し出した手を舐めはじめた。その馬は鹿毛《かげ》で、額に白い流星の模様があった。知香は、そっと馬の鼻づらを撫でた。

「知香ちゃんの所に行くのはこの馬での。ジェンヌと言うんじゃ」

いつの間にか知香の傍に武次郎が立っていた。

「えっ」

知香は驚いたように武次郎を振り返った。

「馬は敏感じゃから、もう知香ちゃんの家に行くことを知っとるのかもしれんな……。どうじゃ、綺麗な馬じゃろうが。淡路島にはこれほどの馬はおらんぞ」

武次郎は、自慢気に言った。

「わあ、すごい！　君だったのね、私の家へ来るのは」

知香は、急に親近感が湧いたように、馬の顔に頬ずりをして声を弾ませた。

「しかし、不思議じゃのう。この馬はまだ人によう馴れとらんで、こんなふうにすることはないんじゃが」

武次郎は言葉のとおり不思議そうに知香を見た。そして、知香が幼い頃、牧場に来た時のことを思い出していた。あの時、知香たちが帰ったあとで、厩務員の安住洋介が「あの暴れん坊が、知香ちゃんの前でおとなしゅうしとった」と笑っていたことがある。その時は別に気にも留めなかったが、「そういえばあの時、知香ちゃんは、今と同じような目で馬を見とった」、武次郎は密かにそう感じていた。

「知香ちゃんは、前にここに来たことを、覚えていまいが？」

「いいえ。おじさんが、私と遊んでくれたこと、覚えています」

「そうか、そうか。覚えとったか。知香ちゃんは物覚えが、ええの」

「あの時、子馬さんと遊んだと思うけど、あの馬はどうしたんですか？」

「ああ、あれは確か、マルジュじゃったと思うが、東京の馬主さんに引き取られて、あちこちで走っとったが、今は北海道の大きな牧場で、お母さんになっとる」

「そうなんですか。もう一度会ってみたいな」

「会っても分からんじゃろう。あいつは、芦毛《あしげ》じゃったし、今はもう白うなってしもうとるはずじゃ」

「ふうん」

「この前、ちょっと、知香ちゃんのお父さんと電話で話をしたんじゃが、知香ちゃんは今でも、馬のことが好きなようじゃのう」

「大好きです。淡路島でも時々お馬さんに会いに言って、お話しするんです」

「話？　知香ちゃんは馬と話ができるんかね」

「いいえ、できません。でも、お馬さんの目を見ていると、なんとなく、お馬さんの気持ちが分かるんです」

「…………？」

サラリと話した知香を、武次郎は、黙って見た。知香と初めて会ったジェンヌも知香から離れようとしない。この前、来た時も、子馬だったマルジュと遊ばせたが、その時、その子馬の母親も傍にいたはずである。基本的に、親馬は子馬に人が近づくことを極端に警戒するが、確かあの時、親馬も知香と一緒に遊んでいたような気がする。「待てよ。この子はひょっとして」と武次郎は、知香に対して、ある試みを図ろうとしていた。

第八章　達也と早苗

知香たちが長野へ行ったのと同じ日曜日、達也と早苗は淡路島の、ある公園にいた。早苗に「島を案内してほしい」と言われて、達也は、何度か訪れたことのある、この公園に来たのである。

この時期、花畑には色とりどりのコスモスが一面に咲き乱れていて、何ともいえない花の香りが、二人を包んでいた。その中を二人は肩を並べて歩いた。ジーンズにピンクのTシャツ、ラフなスタイルの早苗であったが、その容貌は、すれ違う同世代の男子を振り向かさずにはおかなかった。達也は、このような形で女子と歩いたことがなかったので、さすがに話す言葉がなかなか見つからず、もっぱら早苗が主導権を握っていた。

コスモス畑を通り抜けていくと、公園の中央にポプラの丘があり、早苗はその横のベンチを見つけると、

「少し座らない？」

笑顔で言って、そのベンチに腰を下ろした。達也は、

「ドリンク買ってくる」

近くの自販機でジュースを二本買い、そのうちの一本を早苗に渡して、早苗と少し距離をおい

てその横に座った。早苗はニコッとしてそれを受け取り、一口だけ飲んで、余った缶ジュースを両手で弄びながら、目を宙に移した。

「先生が私のこと、お父さんの仕事の都合で転校してきた、と言っていたでしょう。あれ、嘘」

早苗の意外な言葉に達也は、「えっ」というような表情で早苗を見た。

「本当はね、治療に来たの、この島に」

「治療って、何の？」

達也は怪訝そうに尋ねた。

「実は、うつ病なの、私」

「うつ病……？　木塚が？」

「そう、私が。見えないでしょう」

「見えないよ、全然」

「両親が、離婚したの……」

早苗の顔からは笑みが消え、真顔になって話し始めた。

「それで私ね、父に引き取られたのだけど、一時はやけになって、グレちゃって、思い切り悪いことしちゃった。そのうち、友達ともうまくいかなくなった。終いには、誰と会うのも嫌になって、家にこもるようになってしまったの」

達也は黙って聞いていたが、早苗は表情を更に硬くして続けた。

「父が心配して、何度かカウンセリングに行って、うつ病って言われた。今は自分でも少し落ち着いてきた感じがするけど、元の学校へ行く気がしなくて……。それに先生からも、この病は環境が一番大切だから、と言われたこともあって、ここに転校してきたわけ。ここは父の出身地だし、親戚がいるから……。今は叔母さんの所にいるの」

「そうだったんだ。けど、両親はどうして離婚してしまったの?」

「それは、言えない。言っても仕方ないもの」

それは強い口調だった。そのことには触れたくなかったのである。達也もすぐに「しまった」と思い、

「ごめんな。嫌なことを聞いてしまったようで……」

「ううん、いいの。気にしないで」

早苗は、わずかに微笑んでみせた。

「でも原因は、それだけではないのかもしれない」

「どういうこと?」

「私ね。自分で言うのも変だけど、小さい頃から、自分の思うようにならないと気が済まない、最悪な性格なんだよね。だから友達なんていないし、できてもすぐに離れちゃう」

早苗は学校では見せない表情を、そこに見せていた。

達也は意外だった。もちろん、まだ早苗と出会って日も浅く、その性格の全てを知ることはできなかったが、少なくとも早苗が「うつ病」などという病気のようには見えなかった。

「ごめんね。変だよね、いきなりこんな暗い話しちゃって。でも、池田君だけには知っていてほしかったから……。幻滅した?」

「そんなことないよ、全然。少し驚いたけど……」

達也は慌ててそれを否定して、強いてでも明るい表情を見せていたが、心の変化の激しい早苗は、もう普段の顔に戻っていた。

「私ね、池田君を見た時、すぐに友達になりたいと思ったんだよ」

「え、どうして？」

「どうしてだろ。やっぱり池田君が格好良かったからかな」

早苗はその整った顔を、悪戯っぽく達也に向けた。

「池田君は、私のこと、初めて見た時、何て思った？」

「ビックリした」

「美人だから？」

それを、自分で言える早苗だった。

「でも私、この学校でもやっぱり嫌われているみたい。特に小宮さんなんて、私を、まるでよそ者のような目で見ているわ」

「そんなことないよ。絶対ないって。それに、そんなふうに考えたらよくないよ。この学校には木塚のようなタイプがいないから、皆が受け入れるのに少し時間が必要なんだ」

達也はそう答えたが、そのことは、達也自身も確かに感じていた。転校してきて、まだ日も浅い早苗が、クラスの中で「浮き」始めていることは事実である。特に、和代を中心にしたグループは、早苗を完全に無視していたし、また、意外だったのは、男子が早苗に話しかけることを、ほとんどしなかった点である。早苗のその群を抜いた美しさが逆に、男子を敬遠させているのかもしれなかった。

「そうかもしれない……。でも、ちょっと嫌な感じ。それに私、怖いの。少しでも嫌な気持ちになった時、せっかく治りかけた病気が、またぶり返して、以前の私に戻ってしまいそうで……」

達也にもその気持ちは理解できたが、かといって、「それじゃあ、こうしろよ」とすぐに答えられる問題でもなかった。

「やっぱりなんだか暗いね……。どうしちゃったんだろ私。だけど、池田君と友達になれたんだし、なんだか頑張れそう。ね、池田君。私とずっと友達でいてね」

早苗はもう気を取り直していた。そして、

「ね、歩こ!」

残っていたジュースを、何度かに分けて飲み干したあと、達也を促して、ゆっくりと歩き始めた。

そして、一面に海が見渡せる場所まで来ると、まるで人が変わったように明るい表情になって、

「わあ、綺麗。あれが神戸ね。あれが大阪湾だ」

と改めて瀬戸の海の美しさを知ったかのように、はしゃいでいた。早苗は眩しそうに細めた目を達也に向けて、風に靡くその長い髪を撫でながら、

「池田君、村上さんと親しいんだね。どんな関係?」

「ああ、知香のこと。知香とは家が隣だし、幼馴染で、兄妹のようなものだよ」

「それだけ?」

「どういう意味?」

「なんだか、そんなふうに見えないから」

「僕たちが？」

「そう。特に村上さんの方が」

「じゃあ、どんなふうに見えるの？」

「どんなふうに見えるかって言われても困るけど……。多分、村上さんは池田君のことを、友達以上に思っているわ」

「まさか……」

「でも、私には、そう見える」

「それは、まだ木塚が、知香のことをよく知らないからだよ」

「そうかもね。だけど、女の子は池田君が思っているよりずっと複雑なのよ。池田君が気づかないだけ、ってこともあるでしょ⁉」

「………」

　このような問題で、早苗に太刀打ちできる達也ではなかった。

「ね、それはいいけど、幼馴染ってことは、当たり前のことだけど、ずっと友達だったわけだし、それってどんな感じ？」

「だから、兄妹みたいなものだって！」

「そうだったわね。ゴメン。でも、兄妹ってことは、お風呂なんかも一緒に入ったりしてたんだ？」

「小さい頃は、ね」

「ね、いつ頃まで？」

「よせよ、もう」

「フフフ。ごめんなさい。池田君があまり素直に答えてくれるものだから、つい……」

早苗は、悪戯っぽく笑ってみせた。

「それにしても、村上さんってすごく素敵な人よね。なんだか良い子すぎて逆に嫌だわ」

「そんなこと言うと知香がかわいそうだよ。それに、知香はいつだって、あんなだし、無理に良い子ぶってるわけじゃない」

「そんなこと分かっているわ。でも池田君、ずいぶん村上さんの肩をもつのね」

「そんなんじゃないけど、知香のことを、そんなふうに言われたくないんだ」

「そう。やっぱり池田君、村上さんのことを本当は好きなんだ」

その時早苗は、達也に向けていた視線を、わずかに逸らした。

「当然、知香のことは好きだよ。今までに嫌いなんて思ったことは一度もないし、これからだって、ずっと良い友達だと思う」

早苗は、達也との言葉のズレに、多少苛立ちをみせた。

「池田君、格好良いけど、思ったより子供ね。意味が違うでしょ！」

「………?」

「ま、いいわ。そのうち分かると思うから」

その意味さえ、達也には分からなかった。早苗は、達也の、難易度の高い「知恵の輪」を解くような表情が、おかしくもあった。早苗の言葉に押されっぱなしの達也は、

「だけど、どうしてそんなに知香のことが気になるんだ?」

「だって、この学校へ転校してきた時、池田君イコール村上さんって雰囲気だったじゃない」

「考え過ぎだよ」

「そんなことないと思うわ。こう見えても私、その辺は敏感なんだから」

「でも、木塚にだって勘違い、ってことはあるだろ」

「池田君がそう思うなら、それでいいわ。別に私、無理に村上さんを好きにさせようとしているわけじゃないのだから」

「…………」

「念を押すようだけど、池田君たち、本当に幼馴染だけってことでいいのね」

「当たり前じゃないか」

「分かったわ。それじゃあ、私が池田君を好きになっても全然問題ないのよね」

「…………」

「ダメなの？」

「そんなこと、ないけど……」

「じゃ、今日から友達ね」

「今までだって、友達だったじゃないか」

「ううん。もっと、親しくなるの」

　達也に、この言葉の一撃は効いた。無理もない。都会化したとはいえ、まだこの島の子供たちの心の質までを変えるには至っていなかった。一方、都会的な早苗は自分の考えをストレートに表現するタイプだった。その意味では、知香と早苗の性格は明らかに対照的であった。

達也がこの経験のない言葉に舞い上がったとしても不思議はない。たとえ早苗がどんな性格であろうと、早苗にはそれを補って余りある美貌がある。「俺がこの木塚を立ち直らしてやる」と、この時、達也のその男気《ぎ》が心に呟いたとしても、仕方のないところであった。

「達也君、今度、達也君のお家に遊びにいってもいい?」

どこまでも積極的な早苗であった。

「機会があったらね」

「約束よ」

と早苗は小指を立てて、戸惑う達也の手を取り、その小指に絡めた。

やがて二人は、テラスで軽い食事をして、広い公園を、再び肩を並べて歩き始めた。まるで恋人たちのように。

その二人の姿を遠くで、偶然にも、気になる視線をもって見つめていた者がいる。同じクラスの友井《ともい》道子《みちこ》であったが、例えばその道子の視力がもう少し低ければ、後の問題も起こらずに済んだかもしれなかった。ともあれ、このことはまっすぐに和代の耳に入ったのである。そのことを達也に知らせようとしたのか、一羽の鳩が、二人の目の前を掠めるように飛んでいった。

第九章　ありあけ牧場

知香は休息を取り終えた幹夫と洋子と共に、武次郎に案内されて、牧場の中へ入っていった。そこには一仕事を終えた長男の晴樹《はるき》とその妻、正子《まさこ》が待っていた。幹夫たちは一通りの挨拶を交わし、そこで知香は馬に乗るための、色々な知識を教わった。知香は乗馬の知識を、ビデオなどで見て少しは知っていた。

晴樹は一通りの説明を終えた後、実際に馬に乗ってみせた。

「馬は、繊細な動物じゃから、乗る側の気持ちがどれだけ馬に伝わるかが一番大事なんじゃ」

晴樹は馬上で言った。そして更に説明を加えながら、実際に馬の手綱を操作してみせた。馬は小気味よく晴樹の指示に従い、右に左にその大きな体を動かしていた。まるで、機械のように。

次に幹夫が乗ることになった。

「久しぶりだから……」

幹夫は自信なさそうに馬に跨ったが、意外なほど上手に乗った。しかし洋一の時と比べると、馬の動きも表情も、まるで違っていた。

「上手いもんじゃ。知香ちゃんも、乗ってみるか」

武次郎は幹夫に世辞を言いながらも、知香に尋ねた。

「はい」

知香はすぐに答えた。待ちに待ったその時がきたのである。晴樹が口輪を取り、武次郎が知香を慎重に支えて、馬の背に乗せた。

知香が馬に乗ったのは初めてではなく、以前来た時に武次郎に乗せてもらったことがある。しかしその時は武次郎の前でじっと座っていただけなので、一人で乗るのは、実質、今日が初めてだった。だが知香は嘘のように落ち着いて、姿勢正しく馬に跨って、わずかな不安も見せてはいない。跨っている馬が、この牧場で一番性格の穏やかな馬ということもあったが、長年、馬と付き合ってきた武次郎は、知香が跨った後、その馬の表情の変化をさすがに見逃さなかった。そして突然、馬を引いて歩いている晴樹に命じた。

「晴樹、ちょっと手を離してみろ」

晴樹は、驚いて、

「何を言うとる、危ないじゃろうが！」

武次郎に向かって言い返したが、そう感じたのは、晴樹だけではなかった。傍で見ている幹夫も洋子も、正子も同じであった。ひとり知香だけは馬上で涼しい顔をしていた。

「こいつは、おとなしい馬じゃから、大丈夫じゃ。いいから離してみい」

武次郎は自信をもって諭すように再度命じたために、晴樹は仕方なく、そっと馬から離れて、

「知香ちゃん、大丈夫か？」

心配そうに尋ねたが、当の知香は微笑みさえ浮かべて、

「大丈夫。おじさん動かしてもいいですか？」

知香は、その返事も待たずに、いきなり馬の腹を両足で叩いて歩かせ始めた。更に、知香はそれに物足りなくなったのか、その体をグッと前に沈めて、手綱をしごいた。馬はそれに応えるように勢いよく走り始めた。

「あっ。危ない」

皆がほとんど同時に叫んだ。しかし、それにも武次郎は、相変わらず平然とした表情でその様子をニコッと見つめて、

「思ったとおりじゃ。心配せんでもええ。まあ見ときなさい」

武次郎は誰に言うでもなく、まるで面白がるように呟いた。

馬は、知香を乗せたまま、心地よさそうに走っている。そして知香が体を左右に動かしながら、手綱を繰ると、馬もまた知香の意図するとおり、舞うように動いてみせた。幹夫たちは唖然としてその光景を見ていたが、特に晴樹は驚いていた。今まで何人もの人たちに教授してきただけに、そのショックは大きく、この光景は、とても信じられるものではなかった。

「幹夫、この子は凄い子かもしれんぞ」

「どういうことですか？」

幹夫のその問いに、武次郎は煙草に火を点けながら、

「あれは普通の乗り方じゃねえ。それに、あの技術もそうじゃが、何と言っても知香ちゃんの表情じゃ。あんな顔をして馬に乗る者はおらん。それが、馬にも伝わっとる。おまえには分からんじゃろうが、ちゃんと馬の表情を見てみい。まるで親に甘えている子馬のようじゃろうが。大げ

さでのうて、わしらにも馬に、あの表情をさせることは、なかなかできんぞ」

やや興奮気味に言ったかと思うと、晴樹に向かって再び指示を出した。

「晴樹、ハヤテを連れてこい」

晴樹も今度は、武次郎が何を考えているのか、すぐに理解したらしく、知香を馬から下ろして、その馬に乗り、放牧されている「目的の馬」に向かって駆けていった。

武次郎が試してみたいことは、これだった。武次郎は腕を組みながら、幹夫と洋子に、

「今連れてくる馬は、ここで一番気の荒い馬でのう、ここの人間の言うことしか聞かん。わしらでも、てこずる時があるんじゃ。わしの考えが間違いなけりゃあ……」

そこまで言って、傍にいた正子に、

「正子さん、ちっと知香ちゃんを連れて、向こうに行っといてくれんかの」

足で煙草の火を消しながら、正子に頼んだ。正子は頷いて、知香の手を引くように、近くの小屋に身を隠した。

武次郎は、知香を見るだけでハヤテがおとなしくなったのでは、この試みは何の意味もないと考えて、とりあえず幹夫たちに今、晴樹が連れてくるハヤテの実態を見せる必要があった。

やがて、晴樹がそのハヤテに跨って戻ってきたが、まさしく武次郎の期待を裏切ることなく、幹夫たちの傍に来ると、初めて見る二人に強烈な興奮の態度を見せていて、首を激しく上下に振り、後ろ足で地を何度も蹴り上げて、鼻をグルグルと鳴らしていた。馬を引いている晴樹は、それを宥《なだ》めるのに必死だった。

「ご覧のとおりじゃ」

武次郎は一つの目的を果たして、小屋に向かい、大声で知香を呼んだ。知香は小走りでやってきた。その知香に向かって、武次郎は、

「知香ちゃん、ちょっと、難しいかもしれんが、あの馬が今、どんな気持ちになっとるか分かるかいの」

「え、分かるかな?」

知香は少し戸惑ったが、

「馬の傍に行っていいですか?」

言うなり、ハヤテに少し近づいて、その表情を観察していたが、

「おじさん、この馬、なんだかお父さんを見て、興奮しているみたい」

と、さり気なく言った。

「知香、ホントかよ?」

幹夫は苦笑いを浮かべたが、武次郎が、

「ハハハ。幹夫、ハヤテはおまえが嫌いじゃそうじゃ」

「それはないですよ。叔父さん」

幹夫は笑って、むくれた。

「わしが言うとるんじゃねえ。知香ちゃんが言うとるんじゃあ。いいから早う、向こうに行ってみいや」

幹夫は、「まさか」と思いながらも、仕方なくハヤテからかなり離れた所まで退いた。結果、ハヤテは明らかに落ち着いて、晴樹を引っ張るように知香の傍へ歩いていき、間違いなく知香に靡

いた。

「幹夫、もう、こっちへ来てもいいぞ。見たか、洋子さん。本物じゃあ。これは紛れもなく本物じゃあ」

武次郎は、二度までも感嘆の声をあげた。幹夫も武次郎の傍に戻ってきた。

「いや、驚きました。いつの間に知香は……」

その幹夫の言葉に、

「幹夫、これは教えてできるものじゃねえ。あの子のもって生まれたものじゃろう。わしも、正直、驚いとる」

「親父、ハヤテに知香ちゃんを乗せても大丈夫そうじゃが、乗せてみるか？」

驚きを超えて、呆れ顔の晴樹の声であったが、

「いや、もう何も試さんでもええ、充分じゃ。馬はこの子を見ると安心しよる。馬を扱う時は、扱う人間の心が大事じゃが、この子は、すでにその心をもっとる。ちょっと大げさかもしれんが、この子は馬にとっては天使じゃ。広い世界には、馬と話ができる人間がいるちゅうが、この子もそうかもしれん。少のうても、この子の気持ちを馬は知っとる。知香ちゃんは、馬が安心する何かをもっとるんじゃ。何十年も馬と付き合っているわしらでもできんことじゃ」

武次郎は興奮を隠そうとせず、一気に、捲し立てるように喋った。幹夫たちは狐につままれたような表情をしていた。

「わしらの世界にも、こんな子は絶対に必要じゃ」

最後に武次郎は、知香を見つめながら、しみじみと言った。

その知香は、今もハヤテの傍で何かを語るように、無邪気に遊んでいた。そして知香は、こうして馬と戯れている自分が、何よりも楽しく、素直になっているかを、改めて実感していた。

その後、晴樹はハヤテに跨って、元の場所へと、戻っていったが、しばらくして今度はジェンヌを引いてきた。

「ジェンヌ！」

知香は見るなり、ジェンヌに駆け寄った。

「幹夫に話した馬はあいつじゃ」

武次郎が言うと、

「そうですか、ジェンヌという名前なんですね。良い馬じゃないですか」

「そうじゃろうが。ジェンヌの母親が美人でのう。あいつも男前じゃ。ジェンヌは母親に似たんじゃろう。知香ちゃんと同じじゃ」

「叔父さん、それ、どういう意味ですか？」

「まあ、ええが」

傍で、洋子がクスッと笑った。

「でも、僕が見る限り、ジェンヌに欠陥があるようには見えませんけどね」

「そりゃあ、幹夫が見ても分からんじゃろう。微妙なもんじゃから、よほど馬に目が肥えている者にしか分からん」

「それにしても、もったいない話ですね」

「まあ、買い手がおらんのじゃから、仕方なかろう」

武次郎の言葉に頷いて、幹夫たちもこれから家族になるであろうジェンヌの傍で、その場の人たちと談笑しながら楽しい時を過ごした。

その夜は、久しぶりの再会を祝って、武次郎の家で、知香たちに、ささやかではあったが、志乃たちによる心のこもったもてなしが行われたが、そこで知香たちは、馬の知識について、かなりのものを得ることができた。

武次郎は今までに、競走馬として送り出した活躍馬を、自慢げに語っていた。この牧場の馬たちのほとんどは、地方競馬へと送り出されていたが、武次郎たちの夢は、やはり他の牧場の人々と同じで、中央において重賞レースを制することにあった。しかしそこには毎年、四千頭もの精鋭たちがデビューして、未勝利戦を勝つことですら至難の業であった。

武次郎は、今までの苦労話などを熱く語っていたが、知香に話を向けて、興味深げに尋ねた。

「知香ちゃんは、大きゅうなったら何になるんじゃ？」

知香は食事をしていた手を止めて、

「今まで迷っていたけど、決めました。絶対、お馬さん関係の仕事をします」

知香はきっぱり宣言した。幹夫も洋子も、以前に知香からそのようなことを何度か聞かされていたので、それに驚くことはなかった。武次郎は嬉しそうに、酒で紅くなった顔を綻《ほころ》ばせて、

「そうか。それがええ、知香ちゃんなら何かとてつもないことをやるかもしれんぞ」

武次郎の、聞きようによれば誇大な言葉を、知香は嬉しそうに聞いて食事を続けた。ともあれ、幹夫たちは何を語るにしても、武次郎のその表現を大げさに感じて、何かおかしかった。その武次郎は更に、今度はしんみりと、

「しかし、ジェンヌは良い飼い主が見つかって良かったのう。とんだ命拾いじゃ」

武次郎のその呟きは、幹夫が飼うのを断っていた時の、ジェンヌの運命を物語っていた。

それにしても、武次郎と、晴樹の酒豪振りは凄まじく、さすがの幹夫も、次々と注がれる酒にたじたじの状態だった。

「ところで、知香ちゃん。昼間、ハヤテがどうしてお父さんを見て興奮してると分かったんかいの？」

晴樹が尋ねると、

「あれは、私が分かったのではなくて、ハヤテが教えてくれたんです」

「どうやって？」

「ハヤテの目です」

「目？」

「はい。私がハヤテの目を見た時、お父さんの姿を、ハヤテは、何度も見ていました。お母さんのことも気にはしていたようだけど、お父さんを見る時のハヤテの表情は、全然違っていました」

「…………？」

「ハハハ。晴樹、おまえはこの仕事を何年やっとる」

武次郎の皮肉に、晴樹は、

「いやあ、知香ちゃんには驚かされどおしじゃ。どうじゃ知香ちゃん、このままこの牧場にいてもらえんかの」

それを冗談にも取れぬ言い方で笑った。

こうして、馬の話を中心に和やかに時は過ぎたが、幹夫は武次郎に心にかかった部分を尋ねてみた。

「ジェンヌはもう、本当に競走馬として、走ることはできないのですか?」

「難しいのう。走って走れんこともないじゃろうが、欠陥が判明した以上、そんな危険を冒してまで買ってくれる馬主はおらんで、レースに出すにも、無料《ただ》っちゅうわけじゃねえしな。つまり、馬主にとっちゃあ、走らん馬には興味がないちゅうことじゃ」

頷きながら聞いている幹夫たちに、武次郎はなおも続けた。

「あいつの父親は、重賞を取った馬じゃあ。六勝もしとる。だから、ジェンヌには、かなり期待しとったから残念でならん」

武次郎は、更に悔しそうな表情をして盃を取った。知香は、武次郎の話を聞きながら、心の中で密かに思った。「広いターフを、思い切り走るジェンヌの姿が見たいな」と。知香の気持ちの中では、既にジェンヌは家族の一員であった

幹夫を含めた男三人は、酒がますます進み、時が経つのも忘れて延々と語り続けていた。

洋子は退座の機会を窺い、大まかな片付けを手伝おうとしたが、

「疲れたでしょう。あとは私らがやるから、あんたたちは早う休みなさい」

と言う志乃の言葉に甘えて、別室へ退いていった。

別室に入った知香は、早速、窓を開けて外を見た。冷たい風が、サアーッと部屋を吹き抜けていった。知香は空に目をやったが、ここは標高が高いのか、それとも澄みきった空気のせいか、星が大きく見えた。

そして知香は、

「お母さん、ここに来ると星の位置が違うね、やっぱり」

と遠くに来たことを実感していた。洋子は化粧を落としながら、

「知香は、星を見るのが本当に好きね、風邪をひきますよ。早く窓を閉めて休みなさい」

知香は、それでも少しの時間、星の動きをその目で追っていたが、やがて、名残惜しそうに窓を閉めて、部屋の隅にあったテーブルに向かい、持参していた日記に今日一日の様々な出来事を綴った。最後に書かれた「たっちゃん、お休み」の文字が妙に印象的だった。

翌朝、知香たちは諏訪湖《すわこ》から、蓼科高原まで足を延ばすために、早くから牧場を出ることにした。武次郎と、志乃が見送りに出てくれた。幹夫は、武次郎の手に白い封筒を渡そうとしていたが、なかなか受け取ってもらえず、最後には無理矢理渡して、素早く車に乗り込んだ。その中には、なにがしかの金銭が入っていた。

「知香ちゃん、また遊びに来なさいよ」

志乃が、今出ようとする車に向かって、手を振りながら声をかけた。知香も笑顔で頭を下げて、同じように別れの手を振った。

ジェンヌは、十日くらいあとの予定で馬運車《ばうんしゃ》によって運ばれることが、幹夫と武次郎の間で決められていた。最後に幹夫たちは、改めて丁重に頭を下げて、牧場をあとにしていった。

第十章　知香の知らない所で

月曜日の朝、詰め襟の学生服を着た達也が玄関を出た時、目を細めるような朝陽が注いでいた。母がいた時は必ず表で見送り、優しい笑顔で「気をつけてね」と言って服装を整えてくれたものである。その母はもういない。達也の心にいる、年齢を加えることのない母が悲しかった。その達也のカバンにはいつも母から貰った古いお守りがそっと忍ばされていた。

この日は知香が休みのために、達也は一人で学校へ向かった。途中友達と一緒になったが、いつもならその輪の中に必ずいるはずの和代たちの姿は見当たらない。達也が和代たちと顔を会わせたのは、教室に入ってからだった。

「おはよう」

達也はいつものように声をかけたが、和代たちからは返事もない。今日のこのクラスの女子たちは、何か異様な雰囲気をかもしだしていた。

午前中の授業が終わり、昼食を終えたあとに、ことは起こった。

相変わらず達也の傍で、早苗は親しそうに喋っていたが、和代はそこへ厳しい表情でやってくると、早苗をチラッと牽制するように見て、達也に向かって言った。

「達也君、ちょっと来てくれない」

これが、今日、和代が達也に話しかけた初めての言葉である。和代のいつもと違った表情に達也は不審を抱きながらも、何も言わずに和代の後ろに続いていった。

二人は校庭に出て、人気《ひとけ》のない、校舎の横に立っている大きな楠の傍に来た。和代は一層厳しい顔をしていたが、実際そこに着くなり、達也に向かって、

「昨日のこと、あれはどういうこと？」

それが怒りの始まりであった。達也は一瞬何のことか分からずに、

「昨日のことって？」

「とぼけないで！」

「とぼけるなって……？　何のことか、ちゃんと言ってくれよ」

「なら言うわ。昨日、達也君たち、公園にいたでしょう、木塚さんと一緒に」

「…………」

「そのこと、知香は知ってるの？」

「…………」

「知るわけないよね、知香は長野に行ってたんだから。達也君たち、この頃いったいどうなっているの？　おかしいわよ。以前はこんなじゃなかった」

和代の言葉には、日頃の不満もこもっているようだった。

「…………」

「達也君、聞いてるの？」

「聞いてるよ！」

「だったら何とか言いなさいよ。黙っていたら分からないわ。ちゃんと説明して！」

和代はじれったそうに、紅潮した顔で、達也に詰め寄る勢いだった。達也は和代の顔を避けるように、渋い表情を浮かべていたが
「そんなこと、どうして小宮に説明しなければいけないんだ⁉」

その達也の言葉は、和代の心に点いた火に、油を注ぐようなものだった。

「何よそれ、そんな言い方しないで！　私たち友達でしょ？　それともなに、私たちのことは、もうどうでもいいから、木塚さんと遊びたいってわけ⁉」

和代は、達也の言葉に間髪を入れなかった。そして必死だった。このままだと必ず達也は、知香から離れていく。そんなことは、知香のためにも断じてさせられない、と。

「そんなことは言ってないよ」

「じゃあ、ちゃんと説明してよ。私たちが納得できるように」

和代の気持ちは、もうあとには退けなかったし、達也の平静さにも苛立っていた。

「別にどうってことないよ。木塚が島を案内してほしいと言うから、そうしただけで。それがいけないことのか？」

「いけないわよ。何も、二人きりで行くことはないじゃない」

「二人じゃあ、いけないのか？」

「呆れた！　全然〝らしく〟ない言い方ね。考えたら分かるでしょ。私たちは今まで、どんなことでも一緒にやってきたのよ。それに、知香の気持ちはどうなるの？」

あくまでも冷静に、和代の言葉を受け止めていた達也も、ここで初めて表情を一変させた。

「おかしなこと言うなよ。さっきから知香、知香と言ってるけど、そのことが知香と、何の関係があるんだ」

「達也君、それ、もしかして本気で言ってるの？」

「……………」

「信じられない。達也君の言葉とも思えないわ」

「僕の方こそ、小宮が何を言いたいのか分からないよ」

達也は、自分と早苗が、二人だけで遊びに行ったことを和代が怒っているのだと、単純に考えていたが、どうやら、それだけではないらしい。

「それにしても達也君は、こんな話になると、どこまで鈍いのかしら。まるで知香のことが分かってない。知香が達也君たちのことで、どんなに悩んで耐えているか、達也君は一度でも考えたことはあるの？」

「小宮、待てよ。僕たち……」

と、達也が言いかけた時、和代はその言葉を遮った。

「幼友達、と言いたいんでしょ!?　その言葉はもう聞き飽きた。いつまで同じことを言ってるのよ。それに、知香はそれだけじゃないって言ってるでしょ、さっきから」

「分からないなあ。それだけじゃないって、どういうことだよ？」

達也には、その意味が本当に分からなかった。そして和代がどうしてここまで執拗に自分を責めているのかも。達也の心にわずかでも知香の愛を感じていたら、また、違った言葉があったはずであり、和代の言おうとしていることもその答えはどうであれ、もう少しは理解できていたはずである。その意味では、人の気持ちを先に考えてしまう知香の心が、この場合、仇となったともいえる。ともかく和代は奇しくも、目的こそ違うが、早苗と同じ言葉で達也の気持ちを探っていた。そして和代は、自分の言葉を理解してもらえない苛立ちから、

「馬鹿みたい。これだけ言って分からないなら、もういい。これ以上は私の口からは言えない。とにかく、今度のようなことは二度としないと約束して」

声をわずかに荒げた。

「木塚と友達じゃいけないということか？」

「そこまでは言ってない。達也君が誰と親しくしようと自由なんだから」

「なら、何もここで僕たちが言い争うことはないじゃないか」

「達也君、お友達と個人的なお付き合いと混同してない？」

「…………」

「今の達也君たちを見ていると、とても〝お友達〟って感じじゃないわ。まるで恋人よ」

「どっちだって小宮には関係ないだろ」

達也のそれは正論だった。ただ、ここで達也の気づいていないことがもう一つあった。それは、和代の中では知香と達也が揺るぎない恋人でなければいけなかったし、大きく譲っても、将来は恋人でなければならなかったということである。それは、和代だけでなく、結果的にこの話の火付け役となった、道子や知香の友人のほとんどがそうだった。昨日、早苗が言った「池田君イコール村上さん」は、確かに的を射た言葉だったのである。

「どうやらこの話は平行線のようね。これ以上ごちゃごちゃ言っても仕方ないし、とにかく私たちはいいから、知香を無視することだけはやめて」

「また、知香かよ。無視した覚えなんてないよ」

「してるじゃない。完全に無視よ」

「してないって。学校の行き帰りだって、今までどおりだし」

「それじゃあ、達也君、知香がこの頃、変わったことに気づいてる？」

「…………」

「そうでしょ。無理だよね。達也君じゃ」

和代の頬がさらに赤みを帯びて、声に鋭さも加わった。

「小宮、さっきから何を興奮してるんだ。もっと冷静に、僕に分かるように話してくれよ」

「達也君、とにかくこのことは、知香の知らないことだし、今だったらまだ知香と以前のように仲良くできるわ。お願いだから、これ以上、知香を苦しめないで……」

和代も、自分の気持ちが高ぶっていることに気づき、その言葉は穏やかだったが、それもこの言葉だけだった。

「それじゃあやっぱり、僕が木塚と友達でいることが知香を傷つけると言っているのと同じじゃないか」

「達也君がそう思うのだったら、木塚さんとはクラスメートだけでいてくれればいいのよ」

「今だって、そうじゃないか」

「だから、そうは見えないと言ってるじゃない」

「結局、どうすればいいんだ？」

「言えばきりがないけど、とりあえず、これからは今度のように、知香に内緒にして二人っきりで遊びに行くようなことはやめて。簡単じゃない」

「知香がそんなふうに言ってるのか？」

「違うわ。そんなこと、知香が言うはずないじゃない。知香は知らないことだって言ってるでしょう」

「………」

「でも、意外だった。知香のことを一番分かっているのは達也君だと思っていたから」

和代は、我がことのように悲しい目をした。

「もういいよ、小宮。言っておくけど僕は、木塚と遊びに行ったことがいけないことだとは思っていないし、知香に悪いことをしたとも思っていない」

和代にとって、開き直りとも取れる達也のこの言葉に、

「そう。じゃあ、普段、木塚さんと親しくしていることも、達也君にとっては、当たり前のことなのね」

「そうだよ。小宮が言ったとおり僕が誰と親しくしようと、それは僕の自由だろ!? それもクラスの皆が、木塚と仲良くしないからじゃないか。僕は木塚が好きだし、今からだって、木塚が僕と遊びたいと言えば、いつだって遊ぶよ。それを小宮たちがどうとろうと僕には関係ない。誰にだって干渉されたくないことはあるんだ」

達也は、「僕が木塚を立ち直らせてやる」と昨日、心に誓ったことを思い出していた。その達也

は、良いも悪いも、一度決めたことを、簡単に撤回するような性格ではなかった。昨日、早苗と別れたあとも、その余韻の中で、早苗がクラスの友達とどうすれば上手くやっていけるのか、真剣に考えていた。

だが、今の達也の言葉は、和代の「目的」を完全に砕いたと同時に、達也と和代の友達関係に決定的なダメージを与えてしまった。

「ならいい。もう何も言わない。達也君がそう思うなら、そうすればいい。これ以上いくら話をしても無駄のようね」

和代はもう、自分の気持ちを抑えることはできなかったし、抑えようともしなかったが、その和代はこの場に来る前、密かに「そういうことにならなければいいが」と思っていたことを、とうとう口にしてしまった。

「達也君のことが分からなくなった。後悔することを祈るわ。今からは達也君のことを、友達とは思わないし、達也君も私のことを友達と思わないで。分かったわね！」

吐き捨てるように言い放った和代は、小走りで駆け出していった。一人残った達也は、楠の根元に身を寄せて考えていた。明らかに誤算だった。やはりあの時、知香だけにでも言っておくべきだった。でも、和代は知香のことを、どうしてあんなふうに言ったのだろう。確かに和代は「知香は、それだけじゃない」と言った。それが、どんな意味をもつのか、それに和代が今、自分に言ったことは、クラスのほとんどの女子たちの意見に違いない。達也のその賢明な頭脳も、今は混乱していた。そして達也は、深い溜め息を何度もつきながら、始業開始のチャイムが鳴るまで、そこに佇んでいた。

午後の授業も終わり、下校時間になっても、クラスの女子生徒たちは示し合わせたように、達也を避けていた。その異様な雰囲気は、親友の木戸亮介《りょうすけ》が、達也に、

「何かあったのか？」

と聞くほどだった。

達也は浮かない表情で帰りの準備を終え、達也の帰りを待っていた早苗と亮介の三人で校門を出た。亮介は達也の親友ということもあって、クラスの中でも数少ない早苗に対する理解者の一人であった。校門を出て少し歩いた所で、いつもなら達也たちと違った方向に帰る早苗が、自分たちに付いてくるのを不審に思った亮介が、早苗に声をかけた。

「木塚、どうしたんだ、帰らないのか？」

「いいの。ちょっと行きたい所があるから……」

早苗は笑顔で答えて、二人と同じ方向へ歩いていった。やがて、亮介はいつもの所で、「じゃあな」と手を振りながら、二人と別れた。達也と二人きりになった早苗は、

「ね、少し話がしたいのだけど、どこか近くでいい所ない？」

達也の顔を覗き込むように尋ねた。達也は軽く頷いて、少し脇道に反れて野菜畑の横にある小さな花野に出た。少数の子供たちが野球をして遊んでいる。早苗はそこに着くと、構わずに、突然、話を切り出してきた。

「池田君、今日、小宮さんに何か言われたでしょう!?」

達也も早苗の話が「そのこと」であるのは初めから分かっていた。

「うん。昨日のこと、誰かに見られていたらしいんだ」

「そう。でも、そんなこと、気にすることないじゃない。小さい町だもの、誰かに見られたって不思議じゃないわ。それに別に悪いことをしたわけじゃないし……。で、小宮さんは、何て言ってるの？」

「小宮は、僕たち二人が、内緒で行ったことを怒っているんだ」

「内緒で!?　何よそれ。それじゃあ池田君、今までは、誰かとどこかに行く時、全部、小宮さんたちに報告してたんだ!?」

冒頭から、確かに早苗には、信じられない話であった。

「それに、もし私たちが皆を誘っていたとして、小宮さんたち、一緒に行ってたかしら？」

「そんな問題じゃないんだ。今まではいつでも、皆で一緒に行動してきたし、こんなこと初めてだから……」

「こんなことって？」

「だから、こんなこと」

「何言ってるの、池田君？」

「もういいよ。とにかく昨日のことも含めて小宮は怒ってるんだ」

昼間に続いての今で、達也は少々、うんざりとした表情を見せていた。

「まるで子供ね。信じられない、中学生にもなっていつも皆と一緒に行動するなんて、私、悪いけど、笑っちゃいそう」

「木塚にはおかしいかもしれないけど、今まで、僕たちはそうしてきたんだ」

「じゃあ、村上さんのことはどうなの……？　池田君、いつだって村上さんと一緒に帰っているじゃない」

「知香は別だよ」

「どうして別なの？　村上さんだって女の子でしょ。村上さんだったらいいけど、私じゃいけないって、そんなの偏見よ」

「知香のことは、昨日、話しただろ」

「聞いたけど、だからってどうなの？　村上さんが池田君の幼友達だから、私が池田君と遊んではいけないってこと？　そんな話、聞いたことないわ！」

早苗はもろに不快そうに、声を荒げた。

「いや、そうじゃないけど、木塚はもう少しクラスの皆と仲良くできないか。それで解決する問題なんだ」

早苗は昨日、自分自身のことを「わがままな性格」だと言っていたが、性格はともかくとして、達也は、早苗がクラスではみ出すことだけは避けさせようと考えていた。その矢先に、思いもかけない小宮からの先制攻撃を受けたのである。しかし、当の早苗の「わがまま」は、達也の考えているほど、甘いものではなかった。

「私だって皆と仲良くしたいわ、でも、この状況じゃ無理でしょ!?　何だかんだと言っても、結局私が、池田君と友達でいることが気にいらないわけだし、見え見えよ……。私が、池田君に『さよなら』と言えば済む話なんだろうけど、私、誰が何と言おうと、池田君と親しくするのやめる気ないし」

「………」

「池田君だって私のこと、嫌いじゃないのでしょ!?　それに、私はそんなこと全然気にしないわ。言いたい人には言わせておけばいいのよ。でも小宮さんたち、最低ね……」

　達也が口を挟む隙間がないほど、早苗の言葉は断定的だった。当然、というのもおかしいが、達也にはもうこれ以上、早苗に分かってもらえる言葉を持ち合わせていなかった。そして早苗はそんな達也に、容赦なく追い討ちをかけるように決定的な言葉を口にした。

「池田君、お願いだから、今日から村上さんと親しくしないで！」

　さすがに、その一言には、達也も血相を変えた。

「何、言ってるんだ。そんなことはできないよ」

　だが、早苗には、次の言葉も用意されていた。

「こうなった以上、はっきりするしかないでしょ!?　何度もこんな話をするのは、嫌だわ」

「待てよ、とにかくもう一度、小宮と話し合ってみるから……」

「無駄よ。小宮さんは、私のことが嫌いだし、村上さんのことで、精一杯なんだから」

「だけど、このままではいけないし……。それに知香のことは、木塚の言うとおりにはできない」

「どうしてできないの？　やっぱり、村上さんのことが好きなんだ!?」

「そういうことじゃあないって！」

「ならやめて。私、池田君のことで、村上さんや、小宮さんたちに負けたくないの。池田君が聞いてくれないなら私、明日から学校へは行かない。本気よ」

　達也は信じられなかった。本人が認めるわがままとはいえ、これほどとは思わなかった。しかし、早苗が学校へ行かないと言ったのは本心だろう。そんなことはさせられない。達也の気持ちは、早苗への責任感と、その魅力に侵されていた。

第十一章　初恋は雲の彼方《あなた》へ

和代と達也が話し合っていた時間、ちょうど昼頃、知香たちは諏訪湖をあとにして、帰路についていた。

白樺湖《しらかばこ》まで足を延ばし、達也と和代が言い争っていたなどとは予想だにしなかった知香は、車窓から秋の信濃路《しなのじ》を満喫していた。幹夫が昨夜遅くまで、武次郎たちと酒を酌み交わしていたこともあって、ずっと洋子が運転をしたが、せっかくの紅葉も、後ろの座席でうたた寝をしている幹夫の目には、いささかの美も映し出すことはなかった。自分の住む淡路島にも当然、紅葉は見られたが、そのスケールの大きさは、他の追随を許さないものがあった。

知香にとって、この心の静けさが、嵐の前のそれとは思いも寄らないことであり、今はステレオから流れてくる音楽に耳を傾けながら、ただ無心に窓の外を眺めていた。そんな知香のバッグの中は、達也たちへの土産物でいっぱいだった。

知香たちが明石大橋を越えたのは午後十時を回っていたが、自宅に着いた時、達也の家の窓からは、まだ明かりが漏れていた。知香は家に着くなり、土産を持って達也の家を訪ねた。洋子が、

「もう遅いから明日にしたら!?」

と一応諭したが、知香は一刻も早く、それを達也に渡したかった。いや、そんなことより、一刻も早く達也に会いたかったのである。

知香はいつものように、明るい声と笑顔でまた鍵のかかっていなかった玄関を入っていった。中から栄治の声がして、

「おじさん、今晩は」

「知香ちゃんかい。お上がり」

知香は、その声のする部屋に入っていったが、そこに入ると、栄治が酒を飲んで、うたた寝をしていた様子がすぐに見てとれた。

「ただいま」

「お帰り。早かったね。疲れなかったかい？」

「うん。私は思ったほど疲れなかったけど、お父さんは完全にダウンみたい」

「ハハハ、また、飲み過ぎたな。あっちの連中は酒が強いから、さすがの幹夫も参ったんじゃないのか？　だいたいあいつは、加減というものを知らんからな」

「おじさんだって人のこと言えないわよ。これ、なあに」

知香はテーブルの上を指し、

「はいこれ、おじさんの分、お酒の肴よ」

と、ひと目で諏訪湖で買ったと分かる小さな紙包みを栄治に渡して、そんなに散らかっているとは思えないテーブルの上を片付けた。そして台所に行き、洗い物を終えて、温かいお茶を入れて栄治に渡した。その間、知香は「自分の声が聞こえているはずなのに、たっちゃんは、なぜ出

てこないのかしら？」と少し気になっていた。

「たっちゃんは？」

「いるけど、あいつは今日、なんだか、ずっと変なんだよな……。ちょっと見てくる」

「いいわ。私が行くから」

知香が行こうとしたが、

「待ちなさい」

栄治は立ち上がり、呼びに行った。しかしすぐに戻ってきて、すまなさそうに、

「悪いな、知香ちゃん。あいつ、やっぱり今日はおかしいよ。疲れているから来られない、と言うんだ」

その言葉を、知香は少し不審に聞いたが、

「そう……。じゃ、これ、たっちゃんにあとで渡してね」

達也に買ってきた土産を栄治に手渡して、知香は残念そうに戻っていった。

翌朝、知香はいつもと変わらぬ様子で、登校する時間に、達也を誘いに行ったが、達也は、既に家を出たあとだった。栄治は、

「少し用事があるから、と言って、達也は今さっき、家を出た」

と言ったが、知香には、達也の昨夜からの一連の行動が解せなかった。しかし、知香はそれ以上、深くは考えなかった。途中で和代たちと一緒になり、いつものように笑顔で教室に入っていったものの、教室に入ると、知香はいつもと違った空気を感じずにはいられなかった。達也も席

には着いていたが、何かが違っていて、一人で本を読んでいる。知香は和代を振り返って見たが、やはり、その表情はどこか冴えなかった。それでも知香は、達也の傍に行き、心配そうに声をかけた。

「おはよう。昨日おじさんが、疲れているって言ってたけど大丈夫なの？」

「うん。大丈夫……」

達也は顔も上げずに、やっと聞き取れるような声でそれだけ言った。その表情はいつもの達也とは明らかに違っていて、知香は「どうしたのだろう」と思いながら自分の席に戻った。

時間が過ぎても、達也の表情は変わらなかった。いや達也だけではなく、いつもなら明るいこのクラスの雰囲気は、和代たちも含めて、最後まで妙に白けていた。しかし知香は、その原因を誰にも聞こうとはしなかった。自分のいなかった昨日、何かあったのか。嫌な予感が知香を襲っていた。

それでも下校は達也と一緒で、知香は強いて、明るい表情を保ちながら歩いていたが、得体の知れない気まずさが、二人の間には流れていた。そんな中、知香は達也の制服に付いていた糸くずを、そっと手で払った。

知香と達也がほとんど無言のまま、いつもの浜辺に来た時、達也は知香を見て、口を開いた。

「ちょっといいかな!?」

達也は、知香が頷く姿を見て、階段を砂浜に向かって降りていった。知香はなぜか、胸騒ぎを感じていた。今の達也の表情からも、良い話であるはずはない。知香は砂浜に出ると、まるで、そうしなければならないかのように、小石を拾い、海に向かって投げた。

この浜辺には知香と達也にとって、数え切れないほどの思い出がある。学校の帰りに、休みの日に、そして寂しい時も、嬉しい時も、幾度ここで語ってきたことか。小石を投げながら知香は、達也の言葉を恐れるように待っていた。しかし達也はじっと海を見つめたまま、喋ろうとしない。

知香は仕方なく達也に振り返り、

「たっちゃん、何か話があるんでしょ!?」

さすがに知香の顔が強張《こわば》って見えた。達也は知香のその言葉に促されるように、

「知香、ごめん。知香とは今までのように、親しくできなくなった」

達也は沈痛な表情で言ったが、知香にとってもまた、その言葉は自分の悪い予感を遥かに越えていた。そして知香に一瞬の沈黙はあったが、震える声で、

「それって、どういう意味？　私たち、友達じゃあなくなるってこと？」

「…………」

達也は答えなかった。知香は達也の顔を正面で見ながら、達也の目を刺すように見つめていたが、

「いきなりなんだね、たっちゃん、どうしたの？」

「…………」

「やっぱり、昨夜から私のことを、避けていたんだね」

「…………」

「どうして何も言わないの？　私には、何が何だか分からない……。私、何か悪いことした？」

知香は矢継ぎ早に聞いて、震える足で達也の傍へと歩んだ。

「たっちゃん……」

「ごめん。僕には、しなければいけないことができたんだ」

達也のその言葉は、昨日、早苗と話し合ったあとで、悩み抜いて出した結論であった。

「しなければいけないことって何……？　それ、私がたっちゃんの友達だとできないこと？」

達也は小さく頷いた。知香の口からは水気が失せていた。達也は目を伏せるように、

「知香、ごめん。これ以上は話したくないんだ」

「どうして……？　そんなの、何も分からないで、はい、なんて言えない……」

「…………」

「私たち、今まで、友達としてちゃんとやってきたし、これからも、そうだと信じてる。私とたっちゃんが友達じゃあいけないって、どこにそんな理由があるの？」

「…………」

「私、たっちゃんと友達じゃなくなるなんて考えられない。そんなの絶対に嫌よ。今の私がいけないなら言って。変えるから……」

知香の目から大粒の涙がこぼれた。達也はそれを知ってか知らずか、

「もう、決めたんだ。僕が、勝手に。知香のせいじゃない」

達也の声もまた震えていた。

二人にしばらくの沈黙があったが、このわずかな空白の時間は、知香の優しい心に「何も喋りたくない」と言う達也に対して、これ以上の追及を許さない気持ちを起こさせた。そして知香は感じていた。達也が一度このように言い出したなら、もう元に戻ることはできないと。そして、

もう一つ、達也の心に、よほどの何かがあったことを。

浮き雲が二人の頭上を流れてゆく。やがて、知香はハンカチで自分の目を拭きながら、

「ごめんね。泣いたりして。たっちゃんが言いたくないなら、もう何も聞かない。たっちゃんもきっと苦しんだのよね。私は大丈夫。今夜は少し泣くかもしれないけど、明日はもう泣かない。だって、達也君が友達じゃなくなっても、私には達也君との思い出があるもの。沢山」

あとはもう、言葉にならなかった。そしていつの間にか、初めて「達也君」と言った。達也もまた目を潤ませていた。知香の優しさに改めて触れたように。

「知香……」

「お願い。行って！」

知香は涙の目でキッと達也を見て、あとの言葉を遮った。

達也は、仕方ない選択だったとはいえ、その決断によって今、何の罪もないかけがえのない友達を失った虚脱感に襲われていた。

「ごめんな……」

達也は小さな声で謝り、静かにその場を立ち去っていった。

知香はひとり、砂浜の小岩に座り、遠くの海を涙の目で見つめていた。風が知香の髪を乱していく。「多分、早苗が原因だろう」と知香は心の中で思ったが、しかし、なぜか早苗を恨む気持ちにはなれなかった。

そして知香にとって永遠のような時が流れていった。気がつくと、傍に和代が立っていた。

「知香のお家に行こうと思ったのだけど、知香の姿が見えたから……」

和代は、知香の表情を見て、知香に何かがあったことをすぐに察知していた。

「かず……」

ふたりは無言のままで、しばらく見つめ合っていたが、やがて知香の瞳を新たな涙が覆って、その涙で前が見えなくなった時、知香は、和代の胸に顔を埋めて声を出して泣いた。

和代は知香の涙を、そっと受け止めるように、その肩を抱いた。しばらく知香の嗚咽は続き、「知香がこんなに泣くなんて」と和代は心で呟いていた。知香が人前で涙を見せることなどほとんどなく、しかもこれほどまでの嗚咽を、和代は見たこともない。優しい心の一面に、強く激しい精神をもつ知香であった。

「知香、どうしたの？　何があったの？」

和代は知香の嗚咽が収まるのを待って、労《いたわ》るように尋ねた。

「ごめん、かず……」

知香は真っ赤に腫らせた瞼をハンカチで押えながら、その身体を元の小岩に戻した。

「達也君と何かあったのね!?」

和代には今日一日、予感のようなものはあった。あの時、達也を感情的になって責めたが、そのあとで、和代には少し後悔の思いがあって、「これで良かったのか？　本当に知香の役に立てたのか？　いや、間違ってはいない。でも……」自問自答の中で、和代は和代なりに苦しんでいた。事実は、今、自分の目の前で知香が泣いている。「私のしたことは間違いだったのだ」和代は今、その現実に怯えていた。

「ね、教えて、達也君と何があったの？」

和代にとってはもう人事《ひとごと》ではなかった。「知香の涙は、私が流させたようなもの」と悲壮な思いで知香の言葉を待った。知香はしばらく黙っていたが、少し落ち着いてきたのか、途切れがちに、達也との全てを打ち明けた。知香の話を聞くうちに和代の顔は、みるみる紅潮して、

「私がいけなかったの……！　私が達也君にあんなこと言ったから」

その目には、もう涙が溢れていた。そして和代もまた、昨日の達也とのやりとりを、一言一句、漏れなく話した。今は知香が労る番だった。

「そうだったの。いいのよ、かず。いいの。かずのせいじゃない」

和代の話を聞いた知香は、和代を責めるどころか、その熱い友情に打たれていた。

誰が何を言おうと、達也の気持ちがそうなった以上、いずれこの日は訪れたのだ。

知香はもう涙が涸れ果てたように、和代に向かって掠《かす》れてしまった声で囁いた。

「やっぱり、かずには、私の気持ちが分かっていたのね。ごめんね、本当のことが言えなくて。かずは私の本当の友達よ……」

知香は涙に濡れる和代の手を、両手で包むように優しく握っていた。

二人の少女は、その悲しみの立場は違っていても、お互いの心の中に、その悲しみを共有していたのである。知香と和代は、時が過ぎることを忘れて、お互いの心の傷を慰め合っていた。

瀬戸の海はあくまでも静かに秋の黄昏を迎えようとしていて、暮れなずむ空には、もう幾つかの星が煌《きらめ》いていた。知香の心に咲いた一輪の初恋の花は、こうして、小さな一瞬の出来事によって、悲しく散っていった。

第十二章　発　症

　あくる日、知香は学校を休んだ。昨日、家に戻ったあと、さすがに父や母にその顔を見られるのを嫌い、自分の部屋でこもっていた。洋子が心配して知香の部屋を覗いた時も、

「大丈夫よ、少し疲れただけ」

と夕食もとらなかった。知香は少し落ち着きを取り戻した後、日記に今日の全てを書き綴ったが、その夜、一睡もできずに過ごしたことは言うまでもない。

　しかし、次の日からはまた学校で、いつもの姿を見ることができた。違ったのは、知香と達也が連れ添って登下校しなくなったことと、二人の会話がなくなったことである。それでもすれ違ったり、目が合った時などは、お互いに会釈は交わしていた。一方、達也と早苗は、今まで以上にその親しさを増していき、先に行われた席替えの時は早苗の希望で達也の隣にその席を移した。いかにしても生徒たちを呆れさせたことは、郊外学習の折、わずか一時間ほどのバスの中で達也の隣の座席を亮介に強引に頼んで譲らせたことであった。その時はさすがに担任も、

「木塚、秩序を乱すようなことはするな」

と厳しく叱ったが、

「でも先生、私、池田君の横に座りたいんです」

と、涼しい顔で言って、そこを動こうとしなかった。

しかし、それらは許される範囲であったが、問題になりそうなこともあった。それは、今まで学校をほとんど休んだことのない達也が、早苗が休んだのと同じ日に風邪と称して欠席をしたが、その日の夕方、街の映画館から二人揃って出てくるところを生徒の母親に目撃されたことである。

噂をされている間は、まだ救いもあった。だが、ここまで事実として露骨になった二人は、今はクラスの中で噂にさえならなかった。こうして達也にはもうほとんど周りが見えなくなって、和代たちとの仲も最悪になっていた。ただ一人、知香だけは変わっていく達也の姿を、陰でそっと見守っていた。ここに至っても優しさを失わない知香の態度に、和代は「どうして？」と憤りを感じることさえあったが、時とともに、たとえそれが知香の強がりだとしても、「とても私にはできないこと」とその心の豊かさを痛感して、締めつけられそうになった胸をただひたすら抑えていた。

その知香の身体に予期せぬ異変が起こったのは、日曜日の午後だった。その時知香は、洋子と共に、庭の畑の手入れをしていた。この日は夏の太陽が戻ってきたように、知香たちを照らしていた。知香は洋子から少し離れた所で草取りをしていたが、その知香の後頭部を突然、鈍痛が走った。

「痛い」

と知香は頭を押えて地に跪いた。それに気づいた洋子が驚いて知香の傍に駆け寄って、

「どうしたの？」

知香の身体を支えながら、顔を覗き込んだが、知香の顔が青白く歪んで見えた。

「知香、大丈夫なの……」

「……。う、うん。大丈夫」

知香は消え入りそうな声で答えた。今までにも何度か軽い頭痛は経験していたが、いつもすぐに治まっていて、別に気にしていなかったが、今日のこの痛みは、過去に経験のないものだった。

しかし今度もまた、痛みはすぐに治まった。

「知香、顔色が良くないじゃない。お部屋で休みなさい」

洋子は知香の肩を抱くようにして、家の中へ連れていった。知香の表情は、少し元気を取り戻したように見えたが、部屋に布団を敷き、

「風邪でもひいたのかしら」

呟きながら洋子は知香をそこに寝かせた。知香は素直に横になった。強がってはいても、達也との軋轢が、傷心の日々となり、そのガラスのような胸に重く伸しかかり、知らないうちに、知香の身も心も蝕んでいたかのようだった。

やがて知香は小さな寝息をたてていたが、あどけない寝顔は、初恋に破れた少女の、一時の安らぎのようにさえ見えた。
二、三時間の熟睡の後、知香はもうすっかり元気を取り戻していたが、しかし、この一時的と思えた頭の痛みが、知香の病気との壮絶な闘いの始まりであった。病気のほとんどは、人の身体の中に深く足音さえ立てずに潜んで、ある時、忽然とその牙をむき、見境もなく襲ってくる。それがなぜ、知香でなければいけなかったのか。少なくとも今の洋子たちにとって、その危険な牙

が知香に向けられていようとは思いもよらぬことであり、洋子は、幹夫にその報告さえしなかった。それよりも洋子は、最近の知香の行動が気になっていた。その夜、食事のあとで、テレビを見ている知香に向かって、

「知香、達也君と何かあったの？」

このところの達也との関係を率直に尋ねた。知香はいきなりの言葉に少し戸惑ったが、すぐに、

「ううん、どうして？」

知香はそのことを父母に知られたくなくて、気のない返事をしたが、それが、洋子に通じるはずもなく、

「だって、最近、学校の行き帰りも達也君と別々じゃない」

「気がついていたの？　別に大したことじゃあないから、気にしないで」

「そう!?　でも喧嘩でもしているのだったら、早く仲直りしなさい」

洋子も、それ以上は聞かなかった。傍で水割りを飲んでいた幹夫も、

「ま、いいじゃないか。子供たちのことだから色々あるよ。放っておきなさい」

洋子を諫《いさ》めたので、その話はそこで終わった。ちょうどそこに電話があり、知香が出て幹夫に変わった。その電話は長野の武次郎からで、ジェンヌが明日の夜、長野の牧場を出発するとの連絡であった。

「着くのは明後日《あさって》の朝だな」

幹夫は電話を切り、知香にそう告げた。

第十三章　知香の恋人

知香が心待ちにしていた愛馬ジェンヌは、幹夫の推測どおり、今朝未明に、馬運車によって運ばれてきた。その車には晴樹も同乗していて、少し興奮気味のジェンヌを馬小屋に囲った。

牧場で見た時にはさほどとは思わなかったが、こうして見るとさすがの大きさである。長旅から、少し充血したジェンヌの目に、知香は早速語りかけた。

「今日から、ここがあなたのお部屋よ。私は知香。よろしくね」

それをニコニコと聞く晴樹は、近くで立ち会っていた幹夫に向かって、

「いい厩舎ですね」

感心するように声をかけた。

「間に合わせですけどね。昔、飼っていた牛小屋を改修したんですよ」

幹夫は一応謙遜した。

「いやいや立派な厩舎ですよ。それに広い庭もあって、運動不足になることもないですよ」

周りを見渡した晴樹は、ジェンヌにとって良い環境であることに安心した様子だった。そして晴樹は知香に向かって、

「知香ちゃん、牧場長からのプレゼントがあるんじゃ」

持参した大きな箱包みを取り出した。その中には馬に着ける鞍が入っていた。

「わあ、凄い！」

知香は歓喜の声を上げた。

「とりあえず上がって下さいな」

洋子が、晴樹に家に上がることを進めたが、

「ああ、すみません。でも、今からすぐに西脇の方に行く予定になっていますから」

「でも、お疲れでしょう。遠慮なさらずにお茶だけでも」

「いえ、本当に遠慮なんかじゃありません。予定より、少し遅れていますから」

晴樹は丁重にその好意を辞退して、

「ジェンヌ、可愛がってもらえよ」

と言い残して同じ車で戻っていった。

その日からの知香の生活は、言うまでもなく、ジェンヌ一色だった。朝夕の飼い葉は必ず知香が与え、庭先で乗馬もした。厩舎は洋子や知香の手によって、いつも清潔に保たれていた。さすがにジェンヌも、ここに来た当初は、少し神経質になっていたが、わずか何日かの間に、ほとんど知香の家族の一員になっていた。知香はジェンヌに救われたように、本来の明るさを取り戻していた。

「当分の間、外に出てはいけないよ」

と幹夫から言われていたので、もっぱら庭先や整地した広場での乗馬だったが、元々、牧場長

が驚くほどの素質をもつ知香の乗馬技術は、みるみる上達していった。

ジェンヌが来て、はや数十日が過ぎ、知香たちは冬休みを迎えようとしていた。達也と早苗の間はますますエスカレートしていき、今では早苗が、時々達也の家を出入りすることもあった。達也を知る人々は、達也のその豹変ぶりに、一様に驚いていた。

そんな中、幹夫は栄治に、「相談したいことがあるので、今夜、付き合ってくれないか」と誘いを受けていた。幹夫は「珍しいこともあるものだ」と思いながら、約束の小料理屋に出向いた。

幹夫が到着した時には、既に栄治は店のカウンターに腰を掛け、幹夫の来るのを待っていたが、幹夫が現れるとすぐに座敷に上がって、料理の注文をした。幹夫は、おしぼりを使いながら、

「珍しいな、どんな風の吹き回しだ？」

「うん。ちょっと達也のことでな……。こんな所で、俺にとっては、有権者のおまえと飲むのもどうかと思ったんだが、どのみち、俺とおまえの仲は、皆が知ってることだしな」

「それは分からんぞ。社会問題になるかもな」

「ハハハ。だったら今夜、帰って辞表でも書いておくよ」

挨拶代わりの冗談であった。改めて幹夫は、

「達也にやっぱり、何かあったのか？　この頃おかしな噂を耳にするぞ」

「そうか。実は今日、担任から呼び出しがあってな、成績が、極端に落ちていると言われたんだ」

「達也が!?　それは心配だな」

「ま、それも心配だが、それよりも俺が気になることは、達也が最近、知香ちゃんと全く付き合

っている気配を見せないし、二人の間に何かあったんじゃないか、ということだ。おまえ、そのことについて、知香ちゃんから何か聞いていないか？」

栄治はいつになく深刻な表情をしていた。幹夫は、やや考えていたが、ふと思い出して、

「いや、知香からは何も聞いていないが、そういえばこの前、洋子が知香に、そのようなことを聞いていたことがあったな」

「それで……？」

「チラッと耳に挟んだだけで、俺には何のことか分からなかったが。達也の名前は出ていたようだ。その時、洋子には、子供のことだから放っておきなさい、と言っておいたのだが……」

「そうか。今、達也は、木塚とかいう女の子と親しいようだ。時々家にも遊びに来ているみたいだし……」

「それは穏やかじゃないな」

「だろ!?　達也には身寄りが少ないので、寂しい気持ちは分からんでもないが、かと言って、この時期に女の子が家に出入りするのはなあ……」

栄治は、達也が母のいない毎日をどんなに寂しい思いで過ごしているか、充分に理解していた。ある意味、達也にとって、今が最も母親を必要とする時期かもしれない。栄治は続けた。

「知香ちゃんとなぜ、話をしなくなったのか、それがわからん。おまえにも、本当に心当たりはないのか？」

「そんなことは分からんが……。考えられるとしたら、おそらく、その木塚さんという娘《こ》が原因だな」

「どういうことだ？」

「ハハハ。相変わらず鈍い奴だな。おまえは」

「笑っている場合か。俺は真剣なんだぞ、何でもいいから早く答えろよ」

幹夫は手にしていた酒を飲み乾して、

「すまん。早い話、多分、知香が達也に振られたんだろう」

「振られた？　まさか」

「いや、おそらく、そのまさかだな」

「だが、達也と、知香ちゃんとは……」

「おい、おい。その先はなしだ」

幹夫は、栄治の舌を制して、

「いくら達也と知香が幼馴染だといっても、そのいい関係が、いつまでも続くとは限らないし……。二人だって、もう中二だ。どちらかに好きな子ができたって、別に驚くことはない。以前、おまえも達也に聞いていたじゃないか」

「ああ、覚えているよ。だが、あの時は達也に限って、そんなことはあり得ないと思っていたからな」

「おまえの勘が見事に外れたわけだな」

「………」

「しかし、栄治。おまえも一応政治家だろ。言っておくが、限って、などという言葉は使わん方がいい」

「一応、とは何だ！」

「すまん。言葉のあやだ」

幹夫と栄治に共通して言えたことは、子供の自律心を尊重することにあったが、この件に関しては、いささか栄治にとって、裏目に出たようである。栄治は、

「それにしてもなんでまた、こんな大事な時期に……」

「人を好きになるのに、時期なんて考える人間はおらんだろう」

「それはそうだが……。しかし、親として、このまま、放っておいていいものかどうか」

「いや。放っておくわけにはいかんだろう。その娘が、家に遊びに来るほど親しくしているんだ。達也のことだから大丈夫だとは思うが、一応、間違いが起こらないうちに一度、達也と話し合うべきだな。おまえの例もあるし」

ちなみに、栄治の今は亡き妻、静江は、栄治の中学生時代の同級生であった。

「おい、おい。脅かすなよ。間違いって、おまえ」

「だから、そうならないうちに話し合え、と言ってるんだ。だが慎重に話せよ。これは、子供が一番、親に介入されたくない領分だからな」

「分かった。機会《チャンス》を見つけて話し合ってみるよ。しかしそうだとすると、知香ちゃんには悪いことをしたな」

「おまえが、気にする必要はない」

「そうかもしれんが……。知香ちゃんには、その後、本当に変化はないのか?」

「少なくても俺は気づかなかったな。もっとも、知香は何があってもくじける性格じゃないし、

今はジェンヌという恋人ができたから、そっちに夢中になってるよ」

しかし、幹夫のこの推理は間違っていた。確かに幹夫は、知香の性格を誰よりも理解していると自負していたが、その幹夫でさえ、知香に限らず、この年代の乙女の複雑な心理を理解するまでには至らなかった。知香が達也との初恋に破れた時、どれほどの悲しい思いをしたか。それを乗り越えた上での、明るさを失わない知香だと知っていれば、幹夫の知香に対する認識もまた、改められたはずである。

「達也の奴、どうしてしまったんだ。こんな大事な時に。今までどおり、知香ちゃんと仲良くしてくれたら、何の心配もなかったのに……」

栄治は、うめくように、心底から悔しさを滲み出していた。

その後、二人の父親は、かなりの時間を、それぞれの立場で子について語っていた。


その頃、達也の部屋に早苗はいた。叔母の家で下宿のような形で住んでいるだけに、達也と二人で過ごせるこの部屋は、早苗にとって、格好の安らぎの場所であった。二人は、しばらく音楽を聴いていたが、

「ね、池田君、アルバム見せて」

何を思ったのか早苗が、突然、甘えるように言った。

「いいけど、いつ頃の？」

「そうね。池田君の小さい頃からのを全部見たいわ」

達也は、何冊かのアルバムを取り出して、早苗に見せた。

「これ、お母さんね。美人だったのね……。この人は？」

「知香のお父さんと、お母さんだよ」

「そう」

　早苗は、一通り、そのアルバムに目を通したあとで、

「やっぱり、池田君、村上さんと写ってる写真が多いね」

「だから、何度も言っただろ、兄妹みたいだって」

「そうだったわね」

　早苗はアルバムを閉じた。

「池田君、後悔してる？」

「何が？」

「村上さんのこと」

「…………」

「池田君、私のために村上さんと親しくするのをやめたんだものね」

「それだけじゃないよ」

「ううん、嘘つかなくてもいい。分かってるから」

「…………」

「わたし、村上さんのこと、良い子過ぎて、嫌いって言っちゃったけど、間違いだった」

「どうしたんだ？　急に」

「だって、村上さんにしてみたら、私のこと、憎いはずでしょ!?　でも、そんな顔を一度だって

私に見せたことないもの」

早苗は、もう一度アルバムを開いて、達也と知香が二人で笑いながら写っている写真を見返した。

「知香はそういう奴なんだ」

「そうね」

「なんだか、今日の木塚は、いつもと違うな」

達也は、アルバムを片付けながら、正直、そう思った。早苗は気を取り直すように、

「ホント、おかしい。でも村上さんがいくら良い人でも、池田君のことは別」

「………」

「そろそろ、帰るわ。叔母さんがうるさいから」

早苗は立ち上がった。

「いつもの所まで送るよ」

二人は揃って外に出たが、外は小雨が降っていて、寒い夜だった。

「ちょっと、待って！」

達也は、玄関に戻って、

「これ、男物だけど」

黒い傘を渡して、いつもの学校を出て別れる所まで早苗を送っていった。早苗はそこまで来ると、

「ここからは、走って帰るから、もう傘はいいわ」

その傘を畳んで、達也に手渡した。そして、

「池田君、好きよ」

と、達也の頬に口づけて、後ろも振り向かずに駆け出して行った。

早苗のその行動に、達也は何事が起きたのか分からない表情で、早苗が見えなくなっても、そこに佇んでいたが、その達也も今は悩んでいた。

今の自分が正しいと思うほど、愚かな達也でもなかった。早苗の美しさに惹かれ、打ち明けられた病気を再発させまいと一途に頑張ってきたが、しかし、その代償として、大切なはずの知香や仲間たちをことごとく失ってしまい、成績だって下がってしまった。「何やってんだ達也」心の隅に追いやられた本来の達也は叫んでいた。

だが反面、心の大部分を支配する、もう一人の達也は、あくまでも早苗に惹かれていった。確かに早苗はある意味、達也から母のいない寂しさを忘れさせてくれた。何よりも早苗には、知香にはない、歯切れの良さがある。好きなら好きとハッキリと言える子だった。更に、彼女はその年齢にして、どこか暗い陰を背負っていて、その暗い陰は早苗の魅力を一層高めていた。

この幾日の間に、達也は何度となく早苗と二人だけになる機会があったが、早苗と別れた後、決まって空虚な気持ちになってしまう。知香と一緒にいる時のようなリラックスした気持ちには、一度もなれなかった。

第十四章　一輪の花

その年も過ぎて、知香たちはその後、何事もなく正月三日を迎えていた。

その日、幹夫は取引先の招待でゴルフに出かけていき、知香は元日に和代たちと共に近くの神社へ初詣に行き、山盛りのお願いをしてきた。そして今日は一日、ジェンヌと遊ぶつもりで、朝から乗馬の準備をしていた。厩舎にも、洋子や知香らしい飾り付けが施されていた。

知香がジェンヌを厩舎から連れ出してその背に跨ろうとしたその瞬間、再びあの忌まわしい痛みが襲ってきて、知香は、ジェンヌの足元に崩れるように地へ伏した。その瞬間、ジェンヌは激しい鳴き声をあげた。二度三度と嘶く声に、家で電話をしていた洋子は、

「ちょっと、ごめんなさい」

電話を切り、表に飛び出して倒れている知香を見つけた。慌てて知香の傍に駆け寄った洋子は、その腕に知香を抱き起こしたが、「これはもうただごとではない」と、咄嗟に感じた。

「池田さん。池田さん」

悲鳴に似た声で、洋子は達也の家に助けを求めた。静かな朝が幸いして、その鋭い声は寝正月と決め込んでいた栄治に届いた。栄治は、その声を栄治よりも近くで聞いた達也と共に駆けつけ

てくれた。

「栄治さん、すぐに救急車を呼んで下さい」

震える声で洋子が叫ぶと、栄治は、返事をする間も惜しむように、知香の家に飛び込んだ。

「達也君、知香をお願い」

洋子は、自分が支えている苦痛に耐える知香の身体を達也に託して、ジェンヌを厩舎に急いで戻し、またすぐに知香の所へ戻ってきた。

「ありがとう、達也君」

洋子は達也から知香を受け取ろうとしたが、

「おばさん、いいよ」

達也はそのままに、知香の身体を支えていた。

栄治は門の外に出て、救急車の来るのを今や遅しと待っていた。

サイレンの音は時をおかずに聞こえてきた。その音はあっという間に近づいて、知香の家の前で止まった。白衣の救急隊員は洋子に口早に状況を尋ね、知香を担架に乗せて直ちに救急車に運んでいった。担架に乗せられる時、知香の意識ははっきりしていて、自分を支えてくれた達也に微かな声で、ただひと言、

「ありがとう」

と言った。皮肉にもこの時が、知香と達也の初めてのスキンシップであった。

洋子は栄治の「あとはちゃんとやっておくから」との声に、振り向く間もなく、

「すみません。お願いします」

急いで救急車に乗り込んだ。

救急車の中で知香は、心配そうな洋子にわずかに微笑んでみせ、弱々しいながらも、はっきりとした口調で言った。

「お母さん、大丈夫だから、心配しないで」

「喋らないように」

救急隊員は、知香のその言葉に注意をして、知香の口に手際よく、酸素マスクを当てた。

救急車は一山超えた、町の中心にある救急病院に着いた。既に看護師が待機していて、知香はすぐに診察室に運ばれた。

診察室に入った知香は、もう、かなり落ち着いていた。洋子が症状を医師に告げると、医師は直ちにレントゲン写真をとるようにと、看護師に命じた。知香はストレッチャーに乗せられて、レントゲン室に向かった。洋子は待合室に設置されている公衆電話を使って、幹夫の携帯電話に連絡を取った。

レントゲンの結果はすぐに分かり、洋子は看護師に診察室に入るようにと促されて、医師の前に座った。医師はレントゲン写真を診ながら、

「頭部への出血はないようです。しかし以前にもこのようなことがあったという話ですから、念のためにCT撮影をしておいた方がいいでしょう。それから頭部のことですから、今日は、いずれにせよ入院して下さい」

洋子はそれだけを聞くと、また元の待合室で待った。

CT撮影は三十分くらいで終わり、知香はそのまま病室のベッドに寝かされた。洋子は再び診

察室へ呼ばれたが、その部屋に入っていくと、今度はスライドに小さな写真が何枚も並べられていて、医師は一枚の写真を凝視していた。そして洋子が椅子に腰を下ろすのを見て、

「やはり、出血は見られません。しかしこの一枚の写真に気になる影が写っています」

医師は先程から丹念に見ていた写真を指した。

「どういうことでしょうか？」

洋子は一瞬ドキッとしたが、目は、問題の写真を見つめたまま、医師に尋ねた。

「この写真だけでは何とも言えません。ただ私の経験から言えば、腫瘍の疑いがあります。とにかく至急に精密検査を受けた方が良いでしょう。大阪の大学病院に紹介状を書きますから明日にでも、検査に行って下さい」

医師の話はこれだけだったが、診察室を出た洋子は呆然と自失して、しばらくは待合室の椅子に腰を下ろしたまま、動くことができなかった。「腫瘍」、その言葉は洋子が何度か耳にしたことのある、忌まわしい響きだった。

その後、看護師に病室に行くようにと促されて、洋子は初めて我に返り、知香のいる病室に入っていった。知香はベッドに横たわり点滴を受けていたが、洋子の顔を見ると明るい顔を見せて、

「だいぶ楽になった」

「そう。良かったね」

洋子はベッドの傍の椅子に腰を下ろして、布団の襟元を直し、知香の前髪を左右に撫でながら、優しく言った。

知香の点滴が終わりかけた頃、幹夫が病室に入ってきた。知香は驚いて、

「お父さん。どうしたの？」

「おい、おい。どうしたの、とはごあいさつだな。知香が倒れたと聞いて、あわてて帰ってきたんだぞ！」

「お母さん、お父さんに電話したの？」

知香が、洋子に尋ねた。

「そうよ」

「そう。私は、大丈夫なのよ。真っ青な顔をして倒れたのよ、知香は」

「何が大丈夫なのに」

「………」

「それで、どうなんだ？」

幹夫は傍で座っている洋子に視線を向けた。

「お医者様は、少し貧血ぎみだと言っていました」

「貧血？」

やや意外に思った幹夫は洋子の次の言葉を待った。

「なんだか、慌ててしまったから少し喉が渇きました。あなた、コーヒーでも飲みましょうか」

洋子は静かに立ち、幹夫に目配せをして病室を出た。幹夫も洋子に続いた。

人気《ひとけ》のない薄暗い待合室に来ると洋子は、

「コーヒーでいいですか？」

自販機で缶コーヒーを買って幹夫に手渡し、力なく椅子に腰を下ろした。喉が渇いたと言った

洋子は、何も手にしていない。幹夫は尋常でない洋子の姿を不審に思い、それを飲もうとせず、

「貧血なんて嘘なんだろ。知香の前では言えないことなのか？　実際はどうなんだ」

矢継ぎ早に問う幹夫に、不安がよぎった。

「大変なの……」

洋子は幹夫から視線を逸らしたまま、消え入るような声で言った。

「レントゲンに腫瘍のような影が写っているんですって」

「腫瘍？」

幹夫は驚いた拍子に手にしていたコーヒーをわずかにこぼしてしまった。

「紹介状を書くから、すぐに大きな病院で、精密検査を受けなさいと言われました」

幹夫は、こぼしてしまったコーヒーを拭き取りながら、洋子のその説明を聞き取り、ことの重大さを知った。

「以前にもこのようなことがあったのか？」

「ええ。一度頭が痛いと言っていたことがありました。でもその時はすぐに治まっていたようだし、気にもしませんでした」

「そうか、別に君を責めているわけじゃない……。それでどこの病院を紹介されたんだ？」

「大阪の大学病院です」

洋子は、告げて、

「あなた、どうしよう？」

「何言っているんだ、洋子。まだ検査もしていないのに、今からそんなことで、どうする」

「でも、もしかして、本当に腫瘍だったら……」

「馬鹿なことを言うものじゃない、あの元気な知香が、がんなどになるものか」

断言する幹夫にも戦慄が走った。

「………」

「とにかくすぐに明日の準備をしよう。知香はどうする?」

「今日は帰れないそうです」

「そうなのか」

幹夫と洋子は再び知香の病室に戻り、

「知香、お医者さんが、念のために入院しなさいと言っているから、今日は帰れないよ。それから明日、大阪の病院で再検査を受けるからね」

幹夫は、サラリとした口調と繕った笑顔で言った。

「お母さんも準備があるから、お父さんと一度帰るからね。夕方また来るから」

そして洋子も同じだった。二人は幹夫の車で家に戻っていった。

車の中での夫婦は不安の中で、話す言葉を失っていた。家に戻った洋子は栄治の家を訪れた。

「栄治さん、すみませんでした」

「驚いたでしょう。それで、知香ちゃんは?」

「今日は、入院です。明日、大阪の大学病院で、精密検査を受けます」

「精密検査……!」

「いえ、精密検査と言っても、念のために受けるだけだから、心配はいらないんですよ」

　洋子はあえて、笑顔を見せた。

「驚くじゃないですか」

「ごめんなさい。言い方が悪かったわ……。とりあえず、今から、知香の所へ行きますから……」

「そうですか。何か用事があったら、言って下さい」

「ありがとう、ございます」

　それだけ言い終えると洋子は、足早に自分の家に戻った。

　そして、取り急ぎ、知香の着替えやら、明日の大阪行きの準備のために慌しく動いていたが、
そんな洋子がふと目をやった知香の学習机の上には、どこで手に入れたのか、クリスマスローズが一輪、小さな花瓶に飾られていた。

第十五章　母　心

　あくる朝、幹夫は車で、九時頃に病院へ知香たちを迎えに行った。知香と洋子はもう待合室で待っていて、洋子が窓口で昨日、医師に書いてもらった紹介状を受け取り、精算を済ませた後、三人で大阪の病院へ向かった。

　高速道路は各方面からのUターンラッシュの余波を受けて、かなり混雑をしていたので、結局、病院に到着したのは、午後一時を回っていた。病院に着くと、昨夜、洋子が連絡をとったのか、洋子の実母、千鶴子《ちづこ》が玄関口の柱の横で待っていた。洋子の実家は、豊中《とよなか》にあって、この病院といくらの距離もなかった。

「おばあちゃん。おめでとう」

　千鶴子を見つけた知香は、相変わらず、懐っこい笑顔でその傍へ、走り寄った。

「知香ちゃん、おめでとう」

「ハハハ。病院の前で、おめでとう、は変だよな」

　幹夫が笑うと、

「それもそうね、でもとりあえず、お正月なんだから、おめでとうは言わなくては、ね」

千鶴子も軽く笑って、四人は病院の中へ入っていき、今度は幹夫が受付で紹介状を渡し、必要な手続きを終え、「脳外科」と表示してある診察室の近くの椅子に揃って腰を下ろした。今日は正月の休み明けでかなりの外来があり、病院内は混雑していて二時間程待たされたが、やがて知香は看護師に名前を呼ばれた。

「お父さんかお母さんのどちらかお一人、一緒にお入り下さい」

とも言われたので、

「僕が行くよ」

幹夫は、知香と共に診察室に入った。二人が診察室に入ると、先程、幹夫が渡した紹介状を手にした四十過ぎのメガネをかけた、見るからに優しそうな医師が微笑んでいた。二人は一礼して医師の傍へ行き、

「お掛けください」

医師の言葉に従って、知香が医師のすぐ前の椅子に座り、幹夫は少し離れた後ろの椅子に座った。

医師は、しばらくの間、知香に問診をしていたが、知香も医師の質問に、はきはきとした口調で答えていた。

「分かりました。今からどのような検査をするか説明します」

医師は今度は幹夫に説明を始めた。その間《かん》に知香は、医師から指示を受けた看護師に連れられて、すぐに診察室を出ていった。

検査の説明を聞き終えた幹夫は、医師に、

「先生、あの子の言った症状はやはり……?」

「そうですね。検査をしてみなければ何とも言えませんが、脳に異常がある時の典型的な症状です」

「そうですか……」

力なく肩を落とす幹夫に医師は、

「いずれにしましても、二時間ほどで一応の結果が出ますので、それまで表でお待ち下さい」

その言葉で診察室を出た幹夫は、洋子たちの傍に来て、

「検査には二時間くらいかかりそうだから、軽く食事でもしようか」

と病院にある喫茶に入っていったが、幹夫と洋子はとても食事を受け付けられる精神状態ではなく、特に洋子は、昨日からの一連の対応に疲れた表情をもろに滲ませていた。今まで病気らしい病気をしなかった、あの明るく元気な知香が、こんな大きな病院で検査を受けている。しかも、がん検診なのだ。幹夫も洋子も、この事実を認めたくはなかったたし、果たしてどのような診断が下されるのか、不安が二人の胸を否応なしに襲っていた。

「お母さん、何かと忙しいでしょうに、わざわざすみません」

幹夫は、コーヒーを注文したあとで、千鶴子に改めて礼を言った。

「いいんですよ。家には亜紀子《あきこ》さんもいるし、お父さんは朝早くから、和歌山に釣りに出かけましたから」

亜紀子とは、長男、友明《ともあき》の嫁である。

「お父さん、相変わらず、釣りがお好きなんですね」

「あの人は、釣り馬鹿ですから」

「そう言えばこの前、送って頂いた、チヌは立派でしたね！」

「そうですか？　私は、今でもあの魚をお父さんが釣ったとは思っていませんけどね」

「ハハハ。それじゃあ、お父さんに悪いですよ」

こうして幹夫と千鶴子が話している間も、洋子は沈んだ顔で、その会話に加わろうとはしなかった。


幹夫たちは、一時間ほどそこにいたが、やがて元の席に戻って知香の検査が終わるのを待った。

知香が看護師に連れられて幹夫たちの元へ戻ってきたのは、予定どおり、二時間ほどが経過した後だった。知香は何事もなかったかのように、笑顔で千鶴子の横に座った。

「知香ちゃん、大丈夫だった？」

千鶴子は労るように声をかけたが、

「平気よ」

知香は優しいえくぼを右の頬に浮かべた。

それから更に三十分ほどが過ぎたところで、

「村上知香さんのお父さんとお母さん、診察室にお入り下さい」

先程と同じ看護師だった。幹夫と洋子は、張り裂けんばかりの胸で診察室に入っていった。

そして、無言のまま椅子に腰を下ろした二人に向かって医師は、

「ＭＲＩ検査の結果、お子さんの脳に間違いなく腫瘍が確認できます」

洋子は膝で合掌して祈る気持ちだったが、一瞬にして、膨らみ過ぎた風船が破裂するように、

その胸に激しい音を立てた。

「それで、それで知香はどうなるのでしょうか？」

「まだ全ての診断が出たわけではありません。良性という場合もありますし、現時点では腫瘍の存在がはっきりしたと言うことです」

「悪性であればどうなるのでしょうか？」

幹夫も愕然とする表情を隠さなかった。

「お二人とも落ち着いて下さい。今はまだ何もお答えできません。とにかく三日後には全てのデータが揃います。その時改めてお話しいたしましょう」

医師の言葉が決して冷たいわけではなかった。おそらく今の二人には、たとえこの医師がどのような言い方をしても、それは間違いなく、冷酷な言葉としか聞こえなかったはずである。

医師の話はそこまでだった。洋子は幹夫にすがるように診察室を出たが、その顔にはたとえようのない落胆の色が浮かび、胸の鼓動は周囲の騒音を掻き消すように激しく打っていた。知香の病状について今日、最悪の結果を聞かずには済んだが、幹夫と洋子には、それ以上の動揺が胸を覆っていた。だが、知香の前でその姿を見せることは決してできない。洋子は診察室を出た後、まっすぐに化粧室に向かった。千鶴子も、幹夫が戻ってくるのを待って、洋子を追うように化粧室に行き、そして洋子に尋ねた。

「どうだったの？」

その言葉に洋子は、静かに首を横に振った。

「そんな……」

「私、知香にもしものことがあったら、生きてはいけない！」

母を見つめる洋子の目に涙が溢れた
「何てことを言うの。あなたが、そんなことでどうしますか、しっかりしなさい！」

母は、久しぶりに我が子を厳しく叱ったが、その手はバッグから、ハンカチを取り出して、愛《まな》娘の涙を優しく拭いた。当然、千鶴子の胸にも、熱いものが、瞬時に込み上げてはきたが、洋子の姿を見て、その涙は流せなかった。

「そんなに泣いたら目が腫れて、知香ちゃんに気づかれますよ」

そんなことは洋子にも分かっていたが、抑えたはずの涙が堪え切れずに、こぼれてしまったのである。

一方、椅子で洋子たちを待っている知香は、

「お母さんたち、遅いね」

「久しぶりに会ったから、話し込んでいるのだろう」

「ここで、話せばいいのに……」

知香が言って、間もなく、

「遅くなって、ごめん。偶然知り合いに会ったものだから」

千鶴子はあり得るはずのない言い訳をしながら洋子と共に戻ってきて、

「そうそう、知香ちゃんにはお年玉がまだだったね、はいこれ」

絵柄の付いたポチ袋をバッグから取り出して、知香に渡した。

「ありがとう。おばあちゃん」

知香は嬉しそうにそれを受け取り、黄色いポシェットに収めた。その後、知香たちは、朝、会ったのと同じ場所で、千鶴子と別れて病院をあとにした。

知香たちが家に戻ったのは午後十時過ぎであった。

翌朝、知香が目を覚ました時、幹夫と洋子はもう居間にいたが、昨夜、二人は共に、わずかに吹く風の音にさえ耳について眠れなかった。病院で医師に告げられた悪夢が、夜を通して二人を襲ったのである。しかし、洋子はなんら態度を変えずに、知香の目覚めを待っていたように庭に出て、朝露に濡れた野菜を摘んで朝食を作った。

その知香は、二日前の発作が嘘のように元気な笑顔を見せている。幹夫は、好きなゴルフの記事を読んでいたが、

「知香、今日は暖かいから、ジェンヌを連れて山にでも行ってみようか」

「ホント!?　でも、お父さんは、どうやって行くの？」

「お父さんは歩くさ。このところ、ちゃんとした運動ができてないからね、ちょうどいいよ」

「私も行きますから」

洋子の声が台所から聞こえた。

幹夫と洋子は、何かをせずにはいられなかった。もし、知香の検査の結果が悪ければ、どうしよう。知香にもしものことがあったら……。もうそのことしか頭になかった。

いつの世でも親と子の愛に違いはない。「親が子を愛し、子は親を慕う」古びた定番のこの言葉が、まさに親子の絆の所以であろう。その子供に先立たれるとしたなら、その苦しみや、悲しみは、何を以って例えられるのか。

だが、父と母は、まだ望みを捨てているわけでもなかった。次に結果を聞きに行った時、あの優しそうな医者は必ずこう言う。「失礼しました。あれは、間違いでした。知香さんに異常はありません」「何ですか先生、驚きましたよ」幹夫はその返事までも用意していた。だが「腫瘍の発見」という事実が、すぐに追いかけてきて、その思いさえ、はかなくさせた。

そんな嵐の中にいる両親をよそに、今はまだ何も知らない知香は、ジェンヌが来て初めての遠出に喜び勇んで、すぐにジーンズに足を通し、ブーツを履いて、厩舎に飛び込んだ。確かに天気もいい。一月にしては暖か過ぎるくらいだ。

「ごめんね、ジェンヌ、心配かけたね。驚いたでしょ。でも、もう大丈夫よ」

知香の言葉を聞いたジェンヌには確かな手応えがあって、嬉しそうにその顔を知香にすり寄せながら、軽く嘶《いなな》いた。武次郎の話していたとおり、知香の言葉がジェンヌに届いているふうな瞬間でもある。

「今日、皆で山に行くのよ。良かったね」

庭に出たジェンヌは、悪戯っぽく知香に付きまとっていた。

人が何かを語る時、ともすればお互いの精神において利害関係が生じる場合が多いが、知香は無意識のうちにそれが分かっていて、自分が話をする時はいつでも言葉を大切にした。したがって知香のそれは、相手にとってほとんどが「利」だった。

そしてジェンヌにとっても、知香の自分に対する喋りは「利」以外ではなかった。知香は、ジェンヌの痛いところ、痒いところが、その表情を見てかなりの確率で分かった。知香には見てとれるその表情こそが、ジェンヌの自分に対するお喋りだった。武次郎の言った「天使」とは、おそらくこのことであったに違いない。だから、知香とジェンヌの間を深い絆で結ぶのに、さほどの時間を必要とはせず、すでにジェンヌは知香のことを母親のように慕っていた。

ただ、この知香のジェンヌへの優しさが、後々ジェンヌにとってプラスにならなかったことに、今の知香は気づくはずもなかった。

やがて三人はジェンヌを伴って、人がやっと二人ぐらい並んで歩けるほどの畦道《あぜ》を歩いていった。その沿道には、名も知らない冬の花が所々で、それぞれの居場所を確保して、たくましく咲いていた。森の木の高いところからは、メジロの囀《さえず》りがその静けさを破るように聞こえてくる。

畦道を三十分も歩くと、小川ともいえない所をわずかな水が流れていた。

「湧き水だわ」

知香はそれを目ざとく見つけて、ジェンヌを幹夫に渡し、両手でその水をすくって口に運んだ。

知香の口の中を甘い香りが広がったような気がする。

「美味しい！　ね、お父さんも、お母さんも飲んだら!?」

「ほんと、キレイなお水ね」

洋子も知香と同じ仕草で、その水を口に含んだ。最後に幹夫も同じことをした。

「ほんとだ、なんだか味がする。この辺りは日当たりがよくて広葉樹だから、光合成で水にも味があるのかもしれないね」

「お母さん水筒持ってきたのでしょ!?　帰りに汲んで帰ろ」

「そうね」

それからまた、三人は歩き始めた。籠を背負った何人かの村人とすれ違いながら、知香たちは森の奥へと入っていき、一時間ほど緩やかな坂道を歩いて森を抜けると、パッと視界が開けて、なだらかな斜面のかなり広い草原に出た。ここは観光地にはなっていないかったが、かなりの景勝地である。淡路島には、こうした手の加えられていない自然の景勝地が、まだ他にも沢山あった。

そこに落ち着くと、幹夫と知香は交互にジェンヌに跨り、そこら中を走りまわっていた。親子で無邪気に遊ぶささやかなこの幸せを、誰がなぜ、何の罪を以って壊そうとするのか。風の当たらない場所に広げた敷物の上に腰を下ろした洋子は、二人を愁いの目で見つめていたが、「神様、今の幸せを、私から奪わないで」と祈らずにはいられなかった。真か、幻か、それとも涙か、やがて洋子は、二人の姿を陽炎《かげろう》の向こうに見ていた。

そんな洋子の元に遊び疲れた二人が戻ってきた時、洋子は、見られたくない涙を、弁当を出す仕草で隠した。幹夫はそれを見逃さなかったが、あえてそれに触れることはしなかった。

ジェンヌは目ぼしい草を見つけて美味《うま》そうに食べている。知香と幹夫は、洋子の広げた弁当に手を伸ばした。

「ね、お父さん。ジェンヌはやっぱり、競走馬として走ることはできないのかしら?」

それは、今の知香の、新しい夢でもあった。勝とうが負けようが、そんなことはどうでもいい、ただジェンヌの走る姿を見たかったのである。しかし知香の何気なく言ったその言葉は、ジェンヌの運命を、意外な方向へと変えていくのであった。

「難しいだろうな。お父さんにもよくは分からんが、専門家が無理じゃないか、と言っていることだからね……。でもどうしたんだい、急に?」

「ううん、ちょっと思っただけ。長野のおじさんは、馬は走ることが幸せだ、って言っていたし、そうだとすると、ジェンヌだって、私たちと暮らすことが、本当の幸せだとは思えないもの」

幹夫も洋子も「知香が考えそうなことだ」と思った。

「そうだね、確かに、知香の言うとおりかもしれないな。だけど、人間にも色々な形の幸せがあるように、馬にだって違った幸せがあってもいいのじゃないのか？」

「そうだといいけど」

知香は言ったが、それは、すっきりとしたものではなかった。幹夫は、その気持ちを察するように、

「それに、仮にジェンヌが走れたとして、馬が競走馬になるためには馬主が必要なんだよ。叔父さんも言っていたように、馬が勝てなければ、馬主にはお金だって入ってこない。ジェンヌのように欠陥をもった馬は、簡単には馬主は見つからないよ」

「そんなの、お馬さんがかわいそう！」

知香は、口を尖らせた。

「知香の気持ちは分かるけど、馬主だって、遊びで馬を飼っているわけじゃないんだよ。馬が勝って賞金を稼いでくれなければ、次の馬だって買えないし、あくまでも、その人たちにとって、馬を飼うってことはビジネスなんだ」

「だったら、尚更、かわいそうだわ」

「ハハハ、知香みたいな人ばっかりだと、競馬というスポーツは成り立たないな」

「えっ、競馬って、スポーツなの？」

「アレ？　それじゃ、知香は何だと思ってたんだ？」

「…………」

「競馬は、立派なスポーツだぞ。どんなスポーツでも、それを、運営するためには沢山のお金が必要だし、お金をうんと、稼ぐために馬は鍛えられているんだ」

幹夫は真剣に話したが、洋子は、

「あなた、そんな話、まだ、知香には無理ですよ」

「いや、そんなことはない。知香はこれほど馬に興味があるんだ。現実を知ることは悪いことじゃない」

かまわず知香が尋ねた。

「それでもお馬さんは、走ることが好きなの？」

知香の素朴な疑問だった。

「多分、そうだろうな、人間だって、苦しい練習に耐えてでも、走ることが好きな人っているじゃないか」

「でも、それって、名誉のためでしょ!?」

「もちろんそれもあるだろうけど、優勝できると思って走っている人ばかりじゃないだろ。そんな人は、ただ走ることが好きなんだ」

「それじゃあ、人は自分のために走るのだから、それはそれで良いけど、お父さんの言い方だと、なんだか、お馬さんは馬主のためにだけ走っているような気がする」

「知香、いくら馬が好きだといっても、そんな考え方はどうかな」

「どうして？」

「だって、人間と馬を置き換えてごらん。知香が、お父さんやお母さんのために頑張ることは、嫌なことなのか？」

「ううん」

「そうだろ。お父さんだって、知香やお母さんのために頑張ることが、一番の幸せなんだ。だから、馬が馬主のために頑張ることだってきっと、幸せなことだと思うよ。それに、頑張って沢山勝てたら、その馬は生涯大切にしてもらえるのだから」

知香の心にその言葉は、鋭く響いた。

「そうだとしたら、尚更、競走馬として威張れないで、私たちの傍にいるだけのジェンヌは、きっと幸せじゃないわ」

「でも、知香は、ジェンヌのこと、うんと可愛がっているじゃない！」

洋子が言った。

「そうじゃなくって、お父さんの言うとおり、ジェンヌだって、競走馬として生まれたのだから、私たちのために走りたいと思っている、と思うの」

知香に、このように言わせたのは、幹夫の言葉であったが、

「そうだね、知香がそう思うのだから、きっとそうだろう。でも、さっきも言ったとおり、馬主がいないのではね……」

「だったら、あなたが馬主になればいいじゃないですか」

その時、幹夫の言葉に反応したのは、意外にも洋子だった。幹夫と知香は思わず洋子を見たが、当の洋子はニコッとして話を続けた。

「あなたが無理だとしたら、誰か馬主を探せばいいわ。長野の叔父さんに頼めば簡単に紹介してくれるわよ、きっと。経費はこちらで負担すればいいわけだし……」

幹夫は、洋子がこんな思い切ったことを言うとは思ってもいなかったし、知香もまた驚いていたが、幹夫は何かヒントを得たように、すぐに答えを出した。

「それもそうだな！　なぜ気づかなかったのだろう、こんな単純な発想を……」

「どうせ私は、単純ですから」

洋子は、知香に片目を閉じた。

「ハハハ。ごめん、ごめん。そういう意味じゃなくって……」

幹夫が笑うと、知香も声を出して笑った。

「いや、真面目な話、考えてみるか。でも、もし馬主が見つかったとしても、ジェンヌに勝つことを期待してはダメだよ」

「分かってる。ジェンヌが頑張ってくれればそれでいいの」

知香が言うと、洋子が、

「それは、あなたでしょう!?」

「そうかもしれないな。だが知香だって、ジェンヌが走っているところを見たら熱くなるのじゃないか!?」

「私は大丈夫よ。走るの遅いし、ビリになるのは慣れてるわ」

「それもそうだな。それなら大丈夫だ。ハハハ……」

「もう、お父さん、そんなに笑うこと、ないでしょう」

知香はむくれたが、

「だって、知香が自分で言ったんじゃないか」

「私が言ったって、少しは遠慮するものよ。そもそも私が足の遅いのは誰のせいなの？」

「お母さんだ、お母さん。完璧なまでにお母さんだ」

その洋子は、「知らないわよ」といった表情で、その辺りの片付けに余念がなかった。

「しかし、知香はジェンヌと別れて大丈夫なのか？」

幹夫はその方が心配だったが、知香の返事は弾んでいた。

「ジェンヌのためだもの、我慢する」

知香は甘えるように言って、ジェンヌの傍へ駆けていき、その首に飛びついた。

「ジェンヌ良かったね。もしかしたら皆と一緒に走れるかもしれないのよ」

ジェンヌは「ブルルーン」と鼻を鳴らした。

「あなた、知香のためにも、お願いね」

「分かってる。知香が喜ぶなら、明日にでもジェンヌを走らせてやるよ」

それは、幹夫の悲壮な決意だった。

第十六章　命の灯火

その日は、知香たちの三学期の始業式で、朝から小雪の舞う冷たい朝だった。幹夫と洋子は大阪へ向かう車の中であった。知香の最終的な診断結果が出る日である。どのような結果が出ようと取り乱すまい。洋子は心に決めて家を出たが、病院に近づくにつれ、心臓の鼓動が轟《とどろ》く自分が分かった。

「あなた、もしも結果が悪かったらどうしよう」

その自分の気持ちに耐え切れず、洋子は幹夫に言葉ですがったが、

「信じよう、洋子。そうでないことを」

幹夫はハンドルを握りながら、それを言うしかなかった。

ほどなく病院に着くと、受付にその旨を伝えて、二人は先日と同じ所で待ったが、診察ではなかったので、二十分ほど待ったところで診察室に呼ばれた。この前と同じ医師で、二人が並んで座ると、医師が早々と話を切り出した。

「早速ですが、今から私は医師として事務的にお話しいたします。お父さんもお母さんも、落ち着いてお聞き下さい」

幹夫も洋子も固唾を呑んだが、しかし、今の医師の言葉で、二人にはあとの言葉の半分以上が予想できた。そして幹夫が先日、用意をした返事もいらなくなった。

「結論から言って、悪性でした。それに非常に難しい病気です。しかし、急激に進行することはないでしょう。お子さんの場合、かなり以前から発症していたと考えられます。すぐにでも腫瘍を取り除きたいのですが、あの部分にメスを入れることは大変な危険が伴います」

「それで、知香は助かるのでしょうか？」

洋子はたまらずに医師の言葉を遮るがごとくに尋ねた。

「もちろん、その治療には全力を尽くします。しかしお子さんの場合、若いだけに、どのように事態が変化するか分かりません。お覚悟だけは必要かと思います」

「それは、死ぬかもしれない、という意味でしょうか？」

幹夫もさすがに落胆の色を隠せずに、その乾いた唇で尋ねた。

「はっきり言って、その可能性がないとは言えません」

「では、あとどれほどの命なのでしょうか？」

「それは、今からの治療の効果によります。先程も申し上げたように、お子さんの場合、非常に危険なところに腫瘍があります。たとえそれが著しく進行することがないとしても、どのような余病が併発しないとも限りません」

「ですから、娘の命は？」

「長くて二年でしょう」

「………」

「しかし、勘違いされてはいけません。それは、このままいけばの話であって、絶対治らないと言っているわけではありません」

「それじゃ、治る可能性もあるのですね？」

「そのために治療するんです」

「治る可能性はどれくらいあるのでしょうか？」

矢継ぎ早に質問する幹夫に、

「数字的にはお答えできませんが、限りなく低いと、理解して頂かなくてはなりません」

と、二人に絶望的な言葉が返ってきた。

「…………」

医師と幹夫のやりとりは、幹夫の沈黙によって終わったが、洋子はその瞬間、幹夫の腕にすがった。医師は厳しい顔を比較的和らげて、

「お父さん、お母さん。今までは、お二人に報告しなければならない医師の義務として、仕方なく、事務的にお話をさせて戴きました。今からは一人の人間としてお話しします」

自分もまた人の親である。「なんでこの両親の悲しみが分からずにいようか」医師は心で思っていた。

「お気持ちはよく分かります。しかし、これからお子さんは、手強い病と闘わなくてはなりません」

「…………」

「闘うためには、闘うための武器が必要です。非科学的な言い方かもしれませんが、その一番大

切な武器は、本人は無論のこと、それ以上に大切なのは、間違いなく、お父さん、お母さんのお気持ちです。苦しいでしょうが、弱気になってはいけません」

「先生……」

幹夫の悲痛な声に、医師は小さく頷いて、

「頑張って下さい。他にも多くのお父さん、お母さんたちが、お子さんの病気のために、お二人と同じように闘っています」

医師の思いやりのあるその言葉は、二人の心にズシリと響いた。

「ありがとうございます。絶対知香を助けます。しかし先生、この事実を、知香に伝えるべきでしょうか？」

幹夫はすがった洋子の肩を抱くようにしながら尋ねた。

「おそらく、病気のことは、お子さんにもいずれ分かると思います。しかし、お子さんはまだ中学生ですし、個人的には、ご本人が気づくまでは、黙っておく方がいいと思います。言わなくてはいけない理由が、私には見当たりません」

「本人に分かった時は、どうすれば……？」

洋子が、震える口を開いた。

「その時こそ、病気に打ち勝つ気持ちを、強く伝えて下さい。そのためにもお二人は、強くなければなりません」

医師にはこの難病と両親が闘うことの苦しみを分かっているだけに、技術的なことを言わず、精神論に終始したことは頷ける。それほどまでにこの病は知香の命にとって危険なものであった。

こうして医師との話は続いたが、最後に二人は、治療にあたる淡路島の総合病院を、この医師から紹介された。

「治療法と薬剤の調合はこちらの方から連絡しておきます。先方の病院とは密に連携しますから、安心して治療して下さい」

医師のその指図で、幹夫と洋子は力なくその部屋を出たが、その落胆ぶりは軽くは表現できず、周りに人がいなければ、おそらく洋子は、その場に泣き崩れていたに違いなかった。

第十七章　さよならジェンヌ

それから知香は一週間に二度、車で二十分ほどの町にある総合病院で、治療と投薬を受けることになった。知香はわずかな通院で、もう何人かの医師や看護師と仲良くなっていた。もって生まれた知香の心が放つ花のような甘い香りは、知香のいる所に必ず漂っていたのである。

そんな日々を送っていた知香に、ある夜、幹夫から朗報がもたらされた。ジェンヌがついに競走馬として、栗東《りっとう》のトレーニングセンターに入厩《にゅうきゅう》が決まったのである。会社の取引先で、馬主をしている者を知り、幹夫が事情を告げて頼んだところ、快諾を得て、すぐにでも栗東の厩舎に入れるように進められたのであった。

知香が喜んだのは言うまでもなかったが、反面いよいよジェンヌと離れるとなると、一抹の寂しさは隠せなかった。そして、「これで良かったのだろうか？　ジェンヌにとって、本当の幸せなのだろうか？」知香は、幹夫の話が終わるとすぐに、ジェンヌの傍に行った。

「ジェンヌ、これで良かったのよね。私、間違ってないよね」

薄暗い厩舎で知香は囁いた。ジェンヌと会って幾月、傷心の知香を慰め続けたのは、他ならぬジェンヌであった。

「ジェンヌ、今までありがとう。思いっきり走ったらまた帰ってきてね」

知香は泣かなかった。まるで恋人のようにジェンヌの目を見つめて、しばらくその場から離れようとはしなかった。


そしてジェンヌが栗東の南田《みなみだ》厩舎に入ったのは三月の初旬だった。家族の人々に見送られながら、ジェンヌは厳しい競走馬の世界へと、静かに旅立って行ったのである。競走馬として生まれてきた以上、走れないことは致命的であり、走ることが宿命である。もし、知香たちと運命の糸で結ばれることがなかったとしたら、走ることはおろか、その命さえどうなっていたことか。ジェンヌは稀にみる優しい家族と出会うことができた。結果的に再びここへ帰ることはできずとも、ジェンヌは幸せであった。

「また会おうね、ジェンヌ」

知香は静かに別れの言葉を告げた。

ジェンヌはもう、知香に甘えることができないことを知っているかのように、その大きな瞳を知香に向けて瞬《またた》いたが、その目は、きっと今までの感謝の気持ちを見せたのであろう。

知香には、その体に欠陥をもつジェンヌが、競走馬として、どれほど厳しい訓練に耐えなければならないのかを知らなかった。ただひたすら、ジェンヌが走れるようになることを祈ったのである。

そしてジェンヌは、馬運車にその馬体を収めようとした時、「ヒヒヒーン」と大きく嘶いた。それを知香たちは戦いに挑む、ジェンヌの雄叫びのように聞いた。

「ごめんね、ジェンヌ」

別れの瞬間、思わず知香からその言葉は出たが、なぜなのか、それは知香にも分からなかった。

やがて馬運車は、知香たちの熱い視線に見送られながら、遠ざかっていった。

知香は、その車が見えなくなったあとで、空になった厩舎に一人佇み、ジェンヌとの短い夢の跡を追っていた。

そしてこの島に、今年もまた春が来て、ジェンヌがいなくなった庭先に咲く水仙の花を、早春の風がそっと揺らしていった。

第十八章　父の涙

ジェンヌが去って三日後の夕食の後、小康状態にあった知香の病状が、にわかに悪化した。以前のような激痛ではなかったが、微熱とともに、異常な身体のだるさを訴えたのである。

洋子は、まだ帰ってこない幹夫に連絡を入れて、知香を自分の車で病院に運んだ。

病院で診察を受けた知香は、主治医に即刻の入院を勧められて、そのまま入院することになったが、病室で点滴を受ける知香は、自分の病気が軽いものではないことを薄々感じていた。メディアの普及は、善悪を問わず、あらゆる情報を人々に伝えた。それは知香が今受けている放射線治療が、何のための治療であるかを知香に教えていたし、また、飲んでいる薬が抗がん剤であることも教えていた。その状況下で、知香が死への恐怖心をもたないとするなら、それは、むしろ自然とはしない。

だが、今の知香は両親の気持ちを思って、一人、耐えるしかなかった。両親が自分の病状に対して何も言わない以上、それを口に出して悲しむ知香ではなく、一方、洋子たちも、知香がこの病状について、何も気づいていないと思うほど鈍感ではなかった。知香は、できることなら母の胸で、声を出して泣きたかったし、洋子もまた、我が子を抱きしめて泣きたかった。その互いの心と心は、哀れにも、親と子の悲しい嘘の競演であるかのようだった。

　知香の病状が大学病院で明らかになった時、医師の助言でもあったが、最終的には親としての考えで、知香にそれを告げなかった。が、その選択が果たして正しかったかどうか。告げていればどうなっていたのか。少なくとも親子は抱き合って泣けたであろう。しかし、だからといって、できることなら隠し通していたい、と思う親心を責めることはできない。

　そんな中、知香は、部屋にある流し台で、洗い物をしている洋子の後ろ姿を見つめて、

「お母さん、何度も心配かけてごめんね」

　それしか言えなかった。その声を背中で聞いた洋子も、

「何言ってるの、今度もまた、すぐに良くなるわ」

　と決して暗くない声で答えるのが精一杯であった。

　しかし、そんな重い空気をわずかでも和らげてくれたのは、やはりジェンヌの存在である。

「ね、お母さん。ジェンヌ、寂しがっていないかしら。お父さん、あれから、ジェンヌのこと、何も言ってくれないけど」

　洋子は、救われたように、

「大丈夫よ。何も言わないってことは、ちゃんとやってる証拠よ」

「きっとそうね。でも、ジェンヌが、皆と一緒に走っているところを早く見たいな……。ね、お母さん、ジェンヌ、もしかしたら勝つかもね!?」

「あら、走るだけで良かったのじゃあなかったの?」

「そうだけど、負けるより勝てた方がいいでしょ。お父さんは負けず嫌いだから、絶対そう思っ

てるわ」

「そうかもね。もしジェンヌが勝とうものなら、お父さんのことだからきっと、大騒ぎよ」

「いいなあ。そうなれば……」

　知香がジェンヌを語る時の目は輝いているようで、洋子はそれを見るのが嬉しかった。そしてその会話は、洋子にとって知香の傍で安らげる、ほんの一時でもあった。

　その頃、当の幹夫は、診察室で主治医と面談の最中だった。

「知香ちゃんの病状が特に、悪化したわけではありませんし、今のところ、ご心配には及びません。このまま発作が治まれば、一週間程度で退院できるでしょう。ただ、知香ちゃんの発作は、周期的に起こっているようですし、今後、その周期が短くなる可能性はありますね」

　幹夫は、その言葉を冷静に受け止めたが、

「やはり、知香の病気は進行しているのですね」

「そう言わざるを得ません」

「症状が出ない時の知香は、他の子供たちと変わらないほど元気なんです。先生、せめてあの発作が起きないようにはできないのでしょうか？」

「村上さん。お言葉ですが、それができていれば私たちは、とっくにそうしていますし、それが病気というものなんです」

　幹夫は、医師からその答えが返ってくることを予期していたように、

「そうですよね、失言でした。申し訳ありません。つい、知香がかわいそうで……」

「お辛いでしょうね。でも、知香ちゃんは、気丈に頑張っています。その知香ちゃんを支えてあ

げられるのは、お父さんとお母さん以外にはいないのですよ」

「面目《めんぼく》ありません。お恥ずかしい限りです」

幹夫は、医師にそう言い残して知香の病室に向かったが、釈然としない気持ちを振り払うように、エレベーターを使わずに五階まで階段を一気に駆け上がっていった。知香の病室に入ると幹夫はハーハーと肩で息をしていたので、その姿を見た知香は、何事かと思い、

「どうしたの？　お父さん」

「いやいや、酔いを覚まそうと思って階段を上がってきたが、歳には勝てんな。胃が口から飛び出しそうだよ」

「ダメよ、そんなことしたら。お父さんはもうそんなに若くないのだから……」

知香が言うと、洋子もその言葉を追いかけるように、

「そうですよ。五階まで駆けてくるなんて、無茶だわ。少しくらい歳のことも考えましょうね。それでなくても普段、あまり運動をしていないのですから……」

幹夫に水が入ったコップを渡しながら、憮然として小言を言った。

「なんだよ、二人とも。僕は謙遜して言ったんだぞ。まだまだ、これくらいのことは……」

「大丈夫じゃあないでしょ!?　お酒が入ってるなら尚更ですよ」

「洋子は、僕の体力のことをまるで信用していないんだな。これでも若い頃は、サッカーで鍛えたんだ」

「だから、若くないと言ってるでしょう。それにこのことだけじゃあないわ。前から一度言おうと思っていたんだけど、お酒だって体のことを考えて、少しくらい控えて下さいね」

「今日はそんなに飲んでないよ」

「もう、分かってないのだから。今日のことだけじゃなくて……」

「参ったなあ。分かったよ、分かった。しかし、なんでこうなるんだ？」

幹夫は渡された水を飲みながら苦笑いをする他なかった。知香は自分の一言から始まったこの洋子と幹夫のやり取りで、洋子に圧倒される幹夫がおかしくて、

「頑張れ、お父さん」

と明るく笑った。

そんな中、幹夫と洋子は一時間ほどその部屋にいたが、

「あなた、お酒が入っているのだったら、お車じゃないですよね」

「うん、車は会社に置いて、タクシーで来たよ」

「それじゃ私が送りますから」

「いいよ。僕は、またタクシーで帰るし、君は知香の傍にいてやってくれ」

それを聞いた知香は、

「お父さん、私はもう平気だから、お母さんの言うとおりにしたら」

洋子も、

「私も着の身着のまま来たので、知香が落ち着いたら、一度帰ろうと思っていたんです。そうしましょう」

「それじゃあ、そうするか」

と話が決まった。

「お母さん、今度来る時に、私の日記帳を持ってきてね。私の机の、一番下の引き出しにあるから」

知香が洋子に頼んだところで、洋子が、

「また、すぐに来るからね」

二人は揃って部屋を出た。

二人が家に戻ると、それを待っていたように栄治が訪ねてきた。栄治はいつもそうするように、家の中へつかつかと上がり、幹夫の傍に座ると、

「知香ちゃんはどうなんだ？　度々だよな」

不審な思いを、幹夫に尋ねた。

「うん、そのことだが、おまえにはまだ詳しい話はしていなかったな」

幹夫は着替えもせずに、コートだけを脱いで、ネクタイを緩めたまま、ソファーに深く腰を沈めていた。

「誰にも知られたくなかったので、おまえにも言わなかったんだ。悪く思わんでくれ」

「いや、話によっては、悪く思うかもしれんぞ」

栄治の本音であったが、幹夫はかまわず、事実を告げた。

「残念だが、知香の病気は予想以上の重症で、治らない可能性が高いらしい。もう元に戻ることはないだろう」

幹夫は溜め息をつきながら煙草に火を点けようとしたが、その手も微かに震えていた。予期せぬ告白に驚いたのは栄治である。その栄治は軽く様子を聞きにきたはずだった。

「おまえ、何言ってるんだ、冗談だろ⁉」

振り返って見た洋子は、部屋の片隅に立って、ハンカチで目頭を押えている。

「おい、ちょっと待てよ。まさか、そんな……」

栄治は絶句した。言語にたけた栄治であるとはいえ、今は、さすがに何を言えばよいのか分からなかった。

「そんなこと、俺には信じられん、何かの間違いじゃないのか⁉」

「俺だって、信じたくもないし、まさか、とも思った。だが、本当なんだ。医者は、長くて二年の命だと言っていた」

栄治は、この瞬間、血相を変えた。そして、その胸に鋭い矢が突き刺さったような衝撃が走り、

「馬鹿やろう。そんなことがあってたまるか！」

と、家をも揺らすほどの声で叫んだ。

その後、栄治のこの叫びが合図だったかのように、この場に沈黙が訪れた。それはしばらく続いたが、洋子だけはとりあえず、入院に必要なものを揃え、最後に知香に頼まれた日記帳を持って再び病院に向かっていった。

「少し飲むか」

幹夫は冷蔵庫から、冷えたビールを取り出して栄治に注ぎ、自分のグラスにも注いだ。

「知香ちゃんはそのことを知っているのか？」

栄治は注がれたビールを飲もうとせずに、幹夫に目を向けた。

「こんな世の中だ、知香だって、今、自分がどんな治療をされているかくらいは分かっているだ

ろう。しかしあの子は気づかないふりをしているよ。なんだかそれが、いじらしくてなあ……」

幹夫はビールを一気に飲み乾して、手に持っていたグラスをグッと握りしめた。薄いグラスは、「ガシャッ」と音を立てて割れて、その手の平から、真っ赤な血が噴き出してきた。幹夫は、その血を拭こうともせずに、

「なぜだ。なぜ知香がこんな目に遭わなければいけないんだ。あの子がいったい何をしたと言うんだ。俺たちがどんな悪いことをした」

悔し涙の中で幹夫は、

「すまん、栄治。俺はおまえの前でしか泣けん。今夜は泣かせてくれ」

身体を震わせて男泣きに泣いた。

栄治は、妻を亡くした時、幹夫が今、言ったと同じ言葉で幹夫に涙を見せた。栄治にとっても知香は、我が子同然である、幹夫が流している血や涙は、栄治そのものが流しているそれでもあった。やがて栄治は、静かに立って救急箱から包帯を取り出して、それを幹夫の傷ついた手に巻いた。

外は宵から降り始めた、まだ冷たい雨が、幹夫の泣き声を掻き消すように本降りになっていた。

第十九章　手　紙

その夜、傷心の栄治が幹夫と別れて家に戻ったのは、十一時を回っていた。家に戻った栄治は、自分の部屋で音楽を聞いていた達也に向かった。

「悪いが少しいいかな」

静かに声をかけて、自分の部屋に来るように促した。

「?」

達也は、ステレオを切り、無表情に栄治の部屋に入ると、

「どうだ、勉強やクラブの方は。最近、走っていないようだが大丈夫なのか?」

軽く言ったあとで、栄治は最近の達也について、自分の気持ちの思いのままを話し始めた。知香の話を聞いた今、達也の行動について黙っていられなくなったのである。

「お父さんは今まで、おまえを信頼してきたし、これからもその気持ちに変わりはない。事実、おまえの成績が下がって先生に呼び出しを受けた時にも、おまえには何も言わなかった。無責任な言い方かもしれないが、成績が落ちても、それはそれでおまえの人生だからな」

「…………」

「だが、何をしてもいいかといえば話は別だ。おまえたちの嫌いな言葉だろうが、あえて言うぞ、おまえたちは、まだ子供だ」

達也は父のいつにない真剣な眼差しに、それを直視できずに、頭《こうべ》を下げていた。

「女子《ひと》を好きになってはいけない、と、いうのじゃない。それは決して悪いことじゃないし、お父さんだって、お母さんをおまえくらいの時からずっと愛し続けて結婚したんだ。恋をするのに年齢は関係ない。だがな、今のおまえを見ていると、悪いが、とてもお父さんの信頼している達也の恋、には見えてこないんだ」

「………」

「確かに、人にはそれぞれの性格があるし、恋だって様々な形があるだろう。遊びだけの恋だってあるよな。だけど、お父さんの知っている達也は、そんないい加減な恋なんかができる人間じゃないと思っていた。恋をするのに理屈はないが、その年齢に応じた、爽やかな恋というものもあるのじゃないのか!?」

栄治は熱い気持ちで更に続けた。

「例えば、野道で花を摘んで、好きな人の髪に飾ってあげる。そんなことが、おまえたちにとって、そんなにダサイことなのか？　お父さんは決してそうは思わない」

黙って栄治の諫言《かんげん》を聞いていた達也は、ここで初めて口を開いた。

「お父さん、知香のことを言ってるんだね!?」

「それもある。けしかけるわけではないが、おまえと知香ちゃんの間にはそんな爽やかさがあった。だが、お父さんが一番知りたいのは、本当のおまえの気持ちだ。以前のおまえが本当なのか、それとも今のおまえが本当なのか」

栄治は、自分の言葉が、抵抗なく達也の胸の中に入っていくことを実感していた。果たして、

「今の僕なんて本当じゃないよ……」

ボソッと洩らした達也の表情は、栄治が、かつて一度も見たことのないものだった。

「木塚を好きになったことだって、憧れみたいなものだったし、自分の気づかない間に、こうなってた。でもそのことで知香だけじゃなくて、他の友達もたくさん失ったんだ……」

達也は堰《せき》を切ったように、早苗との全てを栄治に打ち明けた。早苗の病気のことも、知香との別れのことも。

栄治の疑問もここで解けたが、以前に幹夫と話をした内容をそれに重ね合わせて、その時の知香を思うと心が痛んだ。

「そうだったのか。かわいそうに、一番悲しい思いをしたのは知香ちゃんだと思わないか⁉」

「………」

達也は黙して頷いたが、その知香は達也が知らぬこととはいえ、幹夫の話では、不治の病と闘っている。「どうしてこんな時、おまえが力になってやれないのだ」栄治はその間の悪さに、怒りが心頭に達したが、口には出さなかった。出せなかったのである。だが、達也の「間違えた部分」は諌めた。

「しかしな、達也、おまえのそんな気持ちが、木塚さんの病気を本当に治せると思っていたのか？」

「………」

「治ったとして、それは一時的なものじゃないか。そんなことより、おまえには中学生として、他にやれることがあったはずだ。おまえの周りには、良い友達が沢山いたのだから……。知香ちゃんだって、小宮さんに、亮介君だっていたじゃないか。皆と力を合わせればどうにでもなっただろう。おまえ一人で背負い込んで何ができる。それは自分に対してのおごりだぞ」

その間、達也は幾度か口を挟もうとしたが、栄治は許さなかった。

「でも、もう遅いんだ」

「何が遅い……？」

「………」

「おまえ、まさかその子と……？」

栄治は思わず叫んだ。幹夫の言った、「間違い」と言う言葉を思い出したからである。しかし達也は首を横に振った。幹夫はその仕草にホッとして、

「それじゃあ、何もなかったんだな？」

「何もっていうわけじゃないけど、お父さんの考えているようなことはしていない……。できなかったんだ。その時、お父さんや、お母さん、知香の顔までが浮かんできて……。木塚には意気地なしって言われた」

「だったら、何も遅いことはないじゃないか」

「遅いよ……」

達也は一途だった。

「どうして？　まだ、その子のことが好きなのか？」

「嫌いじゃないけど、分からないんだ。初めの頃は、木塚と一緒にいることが楽しくて仕方なかったけど、知香といる時とは、何かが違うんだ。木塚に嫌われないように、頑張ってしまうんだと思う」

「……………」

「でも、何もなかったといっても、僕は本気で知香や皆を裏切ろうとしたんだし、それだけでも絶対に許されないよ」

「達也、今、おまえは自分の本当の気持ちに気づいたんだ。それくらいの間違いは誰にでもあるよ」

「でも、知香たちを傷つけたことはどうなるの？」

「それは、どうにもならないだろうな」

「………!?」

「ただ、言えることは、今からは、力むのはやめて以前のおまえに戻ることだ。そうすれば多少の時間はかかるかもしれないが、きっと分かってもらえると思う」

「でも、そうしようとしたら、木塚が一人になってしまうし、学校にだって来なくなってしまうかもしれないんだ」

「だから、そうならないように、皆と力を合わせろ、と言ってるんだ。冷たい言い方かもしれんが、もしそれでもおまえたちの手に余るようなら、それは、もう仕方がないことだし、おまえの領域外だ」

　確かに、この言葉で、達也の視界は晴れた。

「お父さん、ありがとう、僕、頑張ってみるよ。そして知香にも謝る。僕はやっぱり知香が好きだったんだ。もう遅いかもしれないけど、今それがハッキリ分かったんだ」

達也の目にあった鱗は完全にはがれた。

「そうしなさい。それにしても達也、よく自制できたな。誉めていいのかは分からんが、少なくとも木塚さんにとっては、それで良かったんだ」

「お父さん、僕を怒らないの？」

「だって何もなかったのだろ？　結果的に、おまえはお父さんの信頼を裏切らなかったじゃないか。これからだっておまえの人生には、色々なことがあるんだ。自分を見失った行動だけはとるなよ」

しかし栄治は、達也が不憫でならなかった。達也の「知香が好きだったんだ」の言葉が、栄治の胸を締めつけたのである。このまだ小さな胸に、この先、知香とどれほどの悲恋が待っているのか。何度でも言う。栄治は達也と知香がまだ幼い時から、このままの愛を育んで、将来を共にすることを本気で願っていたのだから。

「お父さん、心配かけてごめんなさい」

達也の以前の素直な姿がそこにはあった。達也が部屋を出たあとで、栄治は仏壇の前に座った。

「母さん、知香ちゃんを助けてやってくれ。母さんは僕の言うことを何でも聞いてくれたじゃないか。お願いだ……」

栄治はしばらくの間、そこを動こうとしなかった。

一方、自分の部屋に戻った達也は、気持ちの中の大きな重石《おもし》が急に取り除かれたような、清々

しい気持ちになっていた。そして知香に手紙を書くことを決意した。その手紙は、

「体は大丈夫ですか。口では上手く言えないと思うから、手紙を書きます。知香と話をしなくなって、もうずいぶんになるよね。今考えると、あの時、どうして知香の気持ちも考えずに、あんなことを言ったのか分からない。今になって初めて知香の大切さを知りました。それまでは知香のことをただの幼友達のように考えていたし、自分の知香に対する気持ちなんて、考えてもみなかった。知香が倒れて救急車で運ばれた時、僕は泣きそうになった。そしてその時、知香への僕の気持ちが分かったんだ。一時的に僕の気持ちは知香から離れてしまったけど、やっぱり僕は知香が好きだ。知香と一緒でなければ駄目なんだ。知香をあんなに泣かせてしまって、今になって、こんなことをいうのはおかしいと思うけど、もう一度、僕を信じてくれないか？　二度と裏切らない。僕は知香を失いたくないんだ。知香、早く病気を治して約束した映画を見に行こう。

知香へ　達也」

達也はこの短い手紙に自分の思いを込めたが、見ようによってはこの手紙は、知香にとって達也のわがままであった。しかしこの手紙を洋子から受け取った知香は、喜ぶことも、悲しむことも、怒ることもしなかった。ただ、涙は出た。そして静かにその返事を書いた。

「達也君、お手紙ありがとう。私はいつ頃からか、達也君のことを普通の友達以上に好きになっていました。それが恋だったのかどうか分からないけど、今考えると、たぶん私の初恋だったと思います。和代には、ちゃんと打ち明けるように言われたけど、結果が怖くて言えませんでした。私らしいでしょ（笑）。

あの頃、達也君が木塚さんと仲良くしていることが、すごく辛くて、どうしていいのか分から

なくなったこともあります。でも一番悔しかったのは自分の心に対してです。だって木塚さんへのやきもち、だったのだから。それからは、達也君が誰を好きになっても仕方のないこと、と自分に言い聞かせる日々が続きました。そして、いつか達也君は私の所へ帰ってくる、と信じるようにしました。そんな矢先に達也君から話があったのです。今でもあの時、達也君の言った〝しなければいけないこと〟の意味が分かりません。あのあと私は、浜辺で思い切り泣いてしまいました。私の初恋は、もう終わったのです。

私の思いは、あの時、あの砂浜に埋めました。達也君をもう一度好きになるなんてことは、できません。達也君には私のことなんかより、考えなくてはならないことがあるでしょう。おじさんの期待に応えて絶対に東西高に入って下さい。私の夢はもう実現しそうにないけど、これからは頑張って病気と闘います」

この手紙は、知香のその日の日記帳に書かれた内容とは大きく違っていた。その夜、決して明るいとはいえない病室で書いた日記は、

「今日、たっちゃんから手紙をもらった。一行、読んだだけで涙が出てきた。私が手紙を読む時、お母さんが傍にいなくてよかった。きっとお母さんが気を利かせてくれたのだと思う。そんな優しいお母さんが私は大好き。

手紙を読んだあとで、すぐにでも、たっちゃんの所へ飛んで行きたくなった。でも私は自分の気持ちと違った手紙を書いた。今、もう一度、たっちゃんを好きになることが怖い。たっちゃんが私のことを好きになったらどうなるの？　悲しむ人が増えるのはもうたくさん。ごめんね、たっちゃん。そしてごめんね、知香」

どんな時でも他人の気持ちを考える知香であった。

翌日、洋子は学校へ、知香が当分の間、休校することを、診断書を添えて届けた。担任教師の村岡は、知香が重症であることを聞かされて、一瞬、絶句したが、

「あの元気だった村上さんが、こんな病に侵されていたとは、とても信じられません。とにかく我々に何ができるのか、を考えてみます」

村岡はやり切れない思いで、手にしていた診断書に改めて目をやった。とにかく今のクラスでの知香は、絶対的な存在であった。学力がずば抜けているわけではなかったが、知香の明る過ぎるでも、暗過ぎるでもない、際立ったその性格は、どのようなタイプの生徒たちとも融和していったし、問題のある生徒をも避けることはしなかった、村岡にも長い教師生活の中で、知香のような生徒に巡り会えたことは一度もなかった。

「ご心配かけてすみません。クラスの皆さんには、くれぐれも心配しないようにご配慮下さい」

洋子は、静かに頭を下げて学校をあとにした。

その洋子から、達也が知香からの返事の手紙を受け取ったのは、その日の夕方であった。その手紙を、達也は何度も読み返していた。自分の期待していた内容にはほど遠いものであったが、今の達也は、本来の賢明な達也に戻っていて、「むしろこの方が良かった。これからは自分の気持ちを正直に、知香に分かってもらえるように努力をしよう。それしかないのだ」達也は爽やかな表情を浮かべていた。しかし、そんな達也の心には、知香の手紙の一部分が妙に引っかかっていた。

達也たちは今朝、担任から知香の病状について報告を受けていたが、その報告では、さして心配するほどのものではなかったが、知香の手紙には「夢が実現できなくなった」とも「病気と闘っていく」とも書かれていた。知香は物事を、決して大げさに表現する子ではない。それに知香が病院に運ばれたのは、二度目ではないか——。

達也は一瞬、不吉な予感に襲われたが、心はむしろ、これからの知香にどのように接していけばよいのかを考えていた。

第二十章　友達とは

知香が入院して五日目の夕方、和代と道子が病院に見舞いに来てくれた。

「知香、元気？　と言うのはおかしいか。大丈夫なの、体は？」

道子もすぐに、ベッドで本を読んでいた知香の傍に行き、

「もう……。知香が学校へ来ないと、つまらないじゃない、早く治してしまいなさいよ」

道子は道子らしい言い方で笑った。知香は嬉しそうにニコッと二人に顔を向けたが、知香にとっては忘れかけていた笑顔であった。そして手にしていた本を丁寧に棚に仕舞うと、

「あーあ。せっかく、本を読んでいたのに、うるさいのが来たな。なんだか病気になりそう」

知香は毒づいたが、この二人に、しばらくぶりに会うような懐かしさがあった。

「何言ってるの？　あなたもう病気じゃない！」

「あ、そっか」

三人は声を出して笑った。

「ね、ケーキ食べよ。知香、食事制限ないんしょ？」

「ないない！」

知香のえくぼが更に鮮明になった。和代は、持参してきた包みを道子から受け取ると、その場に開いた。

「わあー、寿々木屋のケーキじゃない、無理したのね」

「そうよ、あなたのおかげで、今月は、私たちのサイフはピンチなんだから」

道子が頬を膨らませて、憎まれ口を叩いた。三人はそれを口にしながらしばらくの間、談笑していたが、

「ね、知香、この頃、達也君と木塚さんに何かあったみたいよ」

道子が話そうとすると、

「道子、そんなこと言わないの……」

と、和代は慌てて制止しようとしたが、

「いいじゃない、知香にとって、悪い話じゃないのだから」

道子は、平然と和代の制止を一蹴して話を続けた。

「木塚さんは相変わらずなんだけど、達也君は、全然違ってきたわ。和代や私たちにも積極的に話しかけてくるし、木塚さんに対してだって、今までのように、いちゃついた感じ、全然ないもの！　絶対あれは何かあったのよ」

「いい気味よ、私、こうなることを願っていたんだから……」

和代は、得意げに道子の言葉を追いかけた。無表情の中にも、複雑な気持ちで静かに聞いていた知香が、和代を諌めるかのように、

「かず、そんな言い方、よくないよ。かずらしくない……」

「だって、知香に悲しい思いをさせたのは木塚さんじゃない」

和代は、今でもあの浜辺での、知香の涙が忘れられず、達也たちに対して許せなかった。

「かず、もう終わったことなのよ、前にも言ったと思うけど、誰かが誰かを好きになっても、他人が干渉することはできないわ」

知香は、あえてその言葉を選んで、道子がそれに頷いた。

「それもそうね、私だって干渉されたくないもの。それにしても達也君、どうして木塚さんなんかを好きになったのかしら？　知香がいたっていうのに……」

「魔が差したのよ」

和代だった。道子が続く。

「確かに、木塚さんが美人だってことは認めるよ。でも知香だって負けてるとは思わないわ……。ちょっとだけ負けてるかな⁉」

「ちょっとだけじゃないわ」

知香の謙遜ではなかった。

「ううん、木塚さんとは、まるでタイプが違うけど、知香こそ本物の美人よ」

これも和代の本心だった。道子が、

「私もそう思う」

「そんなに気を使ってもらわなくてもいいよ」

「どうして私たちが知香に気を使わなくてはいけないのよ。知香が美人と言えないなら、私はどうなるの？」

これは、道子の謙遜が少し入っていた。

「それにしても、どっちが先に仕掛けたか知らないけど、達也君は、もっとプライドをもてばいいのよ。彼、頭もいいし、スポーツマンだし、顔だっていいじゃない。私だって知香が相手じゃなければ、きっと達也君を好きになっていたと思うわ」

「道子、それは違うよ。達也君、逆にプライドをもちすぎてるのよ」

「うん、和代の言うとおりかも。だけど私の勘だと、達也君はきっと知香のもとに帰ってくると思うな」

「またあ……。道子、あなたそんなだから単純だって言われるのよ。達也君はあれだけ知香を泣かせたんだから、そんなことあり得ないわ。だいたい、もしそうだとしても、私が許さない」

「あら、知香と達也君のこと、一番心配してたのは和代じゃない。それにこれは知香の問題なんだし、和代がいつまでも怒っていても仕方ないでしょ。そうなれば達也君だって知香にちゃんと謝るわよ」

「……。それならいいけど」

「フフフ。和代もけっこう単純じゃない」

知香が口を挟みようのない和代と道子の会話は、黙って聞いている知香からすれば、道子の圧勝だった。だが知香はとりあえず、この話題から早く抜け出したくて、笑われることを承知で、自分の不得意とする分野に二人を誘った。

「スポーツマンといえば、私、かずのこと、まだ恨んでいるんだからね」

「何の話よ?」

「地区対抗リレーで和代、私を追い越したでしょう」

「何よそれ、知香、あのこと、まだ根にもってるの？　結構執念深いのね」

「当然でしょ、あの時、私は、追い越されるのが嫌で、前を走る祐介君から先頭でバトンを受け取ることだけはないようにと、祈っていたのよ、そしたらもう最悪の結果」

「でもあの時、知香を追い越したのは、私だけじゃなかったわよ。他にも三人ほどいたもの、私だけが恨まれるのは筋違いよ。それに、知香を追い越すなと言う方が無理よ、だって歩いてでも追い越してしまうわ。それにしても知香の足の遅さは奇跡的ね。私、尊敬してしまいそう」

「ひどい！」

知香は和代の肩を、片手でそっと押した。

「一本！　和代の一本勝ち!!」

道子は右手を上げて笑い転げるように、知香と和代を交互に見た。和代も涙を出して笑った。

知香の機敏な演出は、成功だった。

こうして知香のいる五〇五号室から、知香が入院してから初めての笑い声が聞こえてきた。

その時、知香は「私にはこんな素晴らしい友達がいる。友達とはこんなにいいものなのか」と改めてその大きさを知った。

第二十一章　再　会

知香は当初の見込みより一週間程度遅れて、二年生の終業式の前日に退院した。時は、弥生の月をわずかに残して、早、新緑の四月にかかろうとしていた。

知香は、二週間ぶりに帰った我が家が懐かしくて、家の周りを静かに歩いていた。ジェンヌの遊び場だった広場には、誰が植えたわけでもない、せっかちな春の草花がそっと霧雨に打たれていた。知香はやがて、いるはずのないジェンヌの厩舎に足を運んだ。病院にいた時も、ジェンヌのことはいつも気になっていたが、その後、幹夫からもジェンヌの話はなかった。

「会いたいなあ」知香はジェンヌの大きな瞳を思い出しながら、ひとり呟いた。

その夜、偶然なのか、それとも知香の病気を気遣って隠していたのか、ともかく幹夫からその話があった。

「ジェンヌのことなんだけど、飼い葉を食べなくて、体力が落ちてしまって、調教どころの話じゃあないそうだ。浅井《あさい》さんから、心配して、連絡があったよ」

「どうしたのかしら、家ではあんなに食べていたのに……。どこか悪いの？」

知香は心配だった。

「お父さんにも、それは分からない。獣医さんには診てもらったそうだけど、内臓には特に異常はなかったそうだ」

「そう……!?」

知香はしばらく考え込んでいたが、突然、何かに気づいた。

「お父さん、病気じゃないなら、ホームシックじゃないのかな？」

「ホームシック？　馬が……!?」

「馬がホームシックになったとしても、別に不思議じゃないでしょ。特にジェンヌの場合は、私たちと家族同様に暮らしていたんだもの。きっと、私たちに会いたいのよ！」

幹夫は知香らしい発想に感心して、

「それは、あるかもしれんな……」

本気でそう思った。知香は確信をもった。

「お父さん、私をジェンヌの所へ連れてって！」

知香は身を乗り出して目を輝かせた。

「よし分かった、行こう！　早速、浅井さんに連絡を取るよ」

幹夫は即決だった。どちらにしても一度は知香に栗東を見せたいと思っていたし、自分もまた見たいと思っていたので、何の迷いもなかったのである。そして幹夫は即座に、馬主になってもらっている浅井に電話を入れた。

その翌々日、知香たちは早速三人で栗東に向かった。栗東までは、知香の家から車でも、ゆうに三時間はかかった。途中、沿道には満開を控えた桜が、いつその蕾を咲かせようかといたる所で身構えていて、この町にも春本番がそこまできていることを知香たちに教えていた。

　その知香たちはトレセンに到着すると、まっすぐに南田厩舎を訪ねた。南田厩舎は開業してまだ日も浅く、調教師の南田が長い騎手生活の後、厳しい調教師試験を突破して設立した、新進気鋭の厩舎であった。南田は馬主の浅井から、詳しい事情を聞かされていて、ジェンヌの事実上のオーナーが幹夫であることも知っていたし、そして幹夫たちが今日、ここを訪れることも知らされていたので、知香たちの姿を見た時、すぐに「その人たち」と分かった。

　幹夫は南田と顔を合わせると、丁重な挨拶をして、洋子と知香を紹介した。幹夫もまたジェンヌの世話をしている、厩務員の坂本《さかもと》を紹介された。幹夫は、

「南田さんのお顔は、現役の頃、テレビやスポーツ紙などで、何度か拝見していましたが、実物とは、かなり違いますね」

「ハハハ、そうですか。新聞などでは、細かいところまでは写りませんからね。実はこんな顔だったんですよ」

「いえ、いえ。実物の方がずっとお若く見えますよ」

「それはまた、お口のうまい。しかし悪い気持ちはしませんね」

　南田はそこに愛嬌のある笑顔を作った。そして、

「知香さんというのはあなただったのですか。噂はかねがね、お聞きしていました」

　小柄な南田は、その顔を維持したまま、自分の手をタオルで拭き、改めて知香の右手を求めた。知香はその手を南田に差し出しながら、「この人は、なぜ、私を知っているのだろうか?」と少し

不思議に思った。幹夫も同じ疑問をもって、

「知香のことは、ご存知だったのですか？」

「いえ、知っているというほどでもないのですが、実は、浅井さんが、ありあけ牧場の牧場長とお付き合いがありましてね、その浅井さんから知香さんのお話を伺いました」

「そうでしたか。そう言えば、ジェンヌのことを長野の叔父に報告した時、浅井さんのことは、知っていると言っていました。なんだか、巡り巡って、不思議な縁だったのですね」

「そのようですね」

南田は答えて、その雰囲気は、初対面とは思えぬほど和やかなものだった。

「ジェンヌは厩舎にいます。さ、どうぞ」

やがて南田は、ジェンヌのいる厩舎に案内をしてくれた。そこには懐かしいジェンヌの姿があった。南田の指示で、坂本がジェンヌを厩舎から表の庭に連れ出してきたが、その姿は確かに、素人の目にも、痩せていることが分かった。肩の筋肉は落ちて、腹は巻き上がっている。

「ジェンヌ！」

知香はたまらずジェンヌに飛びついた。ジェンヌもまた知香の姿を見た途端に素早い反応を示して、「ブルルーン」と知香を倒すかのような勢いで、その身を寄せてきた。南田はその光景を好意の目で見ながら、

「このように、やつれた姿をお見せするのは、預かっている者として非常に申し訳ないのですが、いかんせん、飼い葉を他の馬と比べて三分の一程度しか食べてくれません。この馬の骨格からして、おそらく五十キロ位は細くなっているでしょう」

南田の笑顔もここにきてすぐに消え、その顔には失意の表情を浮かべていた。

「浅井さんには、九月開催の新馬戦に照準を合わせてほしいと言われていますが、ジェンヌの場合は基礎体力が不足していますので、まずそこから始めなくてはなりません。しかしこの状況では九月どころか、レースに出走させられるかどうかも分かりません」

南田は知香に目をやりながら、その苦しい胸の内を更に語った。

「浅井さんは、中央の馬場を走らせてくれるだけでいい、と言われましたが、生意気なようですが、我々の仕事は、あくまでも馬が無事に勝利すること以外にありません」

ジェンヌを走らせてくれるだけでいい、と言ったのは、他ならぬ幹夫であった。しかし、今こうして南田の話を聞く幹夫には、この世界の人たちの馬に対する情熱が否応なしに伝わってきて、

「そのとおりだ。自分のような気持ちで馬を預けている馬主は、他には多分いないだろう。自分の考えが甘かった」と呟かずにはいられなかった。そして、何か、南田に申し訳ない気持ちになった。

「南田さん、大変、口幅ったいことだとは思いますが、知香が、ジェンヌはホームシックじゃないかと言うんですが……」

「ちょっとお待ち下さい、村上さん」

南田は、その言葉が耳にも入らぬ様子で、知香と、ジェンヌの行動を凝視して、

「ジェンヌが、違う……」

「………?」

「いや、すみません。ジェンヌの表情が昨日までとは、あまりにも違うものですから……」

その南田の見つめるジェンヌは、知香にその大きな馬体を、寄せたり、離したり、時には軽く嘶き、知香の周りを軽快なリズムで歩き回っていて、決して知香の傍を離れようとしなかった。

知香は、近づけてきたジェンヌの顔を両手で挟み、

「ジェンヌ、どうして食べないの。このままだと走れないよ。私たちはいつだってあなたの近くにいるの、それがあなたには見えないだけ。お父さんだってお母さんだって、それに私だって、いつでもすぐに会いに来れるわ。ね、皆に心配かけてはダメ。ちゃんとご飯を食べて、安心させて……」

その言葉はいつものように優しかった。それをジェンヌは、二度三度といつもと違った瞬きで応えた。流石《さすが》である。その瞬間を南田は見逃さなかった。

「村上さん、知香さんは、お噂どおりの子供のようですね」

と言ったかと思うと。声も鋭く、

「坂本、ジェンヌを厩舎に戻しなさい。飼い葉をやるんだ！」

「はい」

返事をした坂本が嫌がるジェンヌを、やっとの思いで厩舎に入れると、

「知香さん、すまんが、この飼い葉を、ジェンヌに食べさせてもらえまいか」

南田は、通常量の糧を、知香に渡した。知香はそれを受け取って、

「ジェンヌ、食べてね」

知香のその言葉の効果は覿面《てきめん》だった。ジェンヌはその全てを、あっという間に平らげたのである。

「何とも、言葉がありません。大きな勉強になりました」

南田は、頭を掻いたが、これが南田の良さであった。騎手としてその道を極めた、いわゆるアスリートの南田であったが、プライドだけを振りかざしてはいなかった。

もう一人、まだ若く、経験の浅い厩務員の坂本は、知香の馬に接する態度を目のあたりにして、「そうありたいもの」と気持ちを新たにしていた。

「知香さん、ありがとう。今日は来ていただいて本当に良かった」

南田の感謝の意に、知香は少し照れるように微笑んで、

「ジェンヌ、また来るからね。頑張るのよ」

と最後に声をかけて、知香たち三人は栗東トレーニングセンターをあとにした。

第二十二章　別れても

知香たちは中学三年生になった。今年もまた真新しい制服に身を包んだ新一年生が胸躍らせて、この中学校へ入学してきた。

知香たち三年生は、クラスの再編成があったが、達也と和代など、主だった知香の友達は、ほとんどがまた同じクラスになった。しかしその中に早苗の姿はなかった。このクラスだけではなく、他のクラスにも、その名前は見当たらなかった。それもそのはずで、これは後の話になるが、木塚早苗は達也に一通の手紙を渡して、横浜の実家へ帰っていたのであった。早苗がこの町に来てわずか半年、彼女は知香と達也の間に、大きな傷跡を残して疾風の如く去ってしまったのである。そのようにこの学校にも様々なドラマがあった。

知香の病状はその後、時々軽い頭痛と微熱という形で現れてはいたが、どちらかといえば安定していた。しかし知香は、いつあの忌まわしい発作が起きるのか、その不安を払拭することはできなかった。

「死」への恐怖、当然それは知香にもあったが、それを感じるには知香はあまりに幼すぎた。医学の進歩は、確かに数多くの老若男女を無駄な死から救ってくれた。しかしその網の目をくぐるように、小さな、そして大切なかけがえのない命が、悲しみのうちに失われているのもまた事実である。ともかく知香は今、この瞬間「生きている」事実を認めて、その命を大切にしようと考える他なかった。

そして知香は、新学年を迎えて、達也との登下校は再開されていた。それは洋子が、知香の身体を気遣って、達也に頼んだものであった。達也にとってそれは、渡りに船だった。少なくとも知香と話をするきっかけだけはできた。初めのうちは、どちらともなく、ぎこちなさはあったが、知香にわだかまりはなく、やがて二人は以前のように打ち解けるようになっていった。もちろん、体育など激しい運動は避けていたが、教師たちの理解も厚く、保険医などは特に知香の体調に気を配っていた。

「知香、久しぶりに降りてみないか」

菜種梅雨なのか長雨の続いた、ある晴れた黄昏時だった。学校帰りの達也が、いつもの浜辺の道に出た時、知香を誘った。

「今日は、病院に行く日じゃないから、いいよ」

二人は、階段を降りていき、波打ちぎわ際まで来ると今日もまた、知香は小石を投げた。

「変わらないな……」

達也の言葉に、知香は笑顔で振り向いた。

「何が？」

「だって、知香、ここに来ると、必ずそうやって石を投げるだろ」

「そう？　気がつかなかった」

知香は、手に付いた砂を両手で払ったが、達也は「その仕草も、以前と同じだ」と心で呟いて、なぜか嬉しかった。

「どうしたの？　達也君」

そして再び、達也には眩しくなった知香の笑顔が、自分に振り向いた。

「いいや、何でもない」

達也は答えなかった。嬉しくて。しかし知香はあの時以来、自分のことを、「達也君」と呼んでいる。いつになったら以前のように「たっちゃん」と呼んでくれるのか、今の達也にとってそれが禁じえない課題であった。

「知香、一度、聞こうと思っていたんだけど、聞いていいかな!?」

「なあに？」

「知香の病気のこと」

「病気のこと？　答えなくてはいけない？」

「できたら、どんな病気なのかだけでも知りたいんだ」

「知って、どうするの？」

「知っていれば、知香の役に立つことだってあるかもしれないし」

「…………」

「それに、この前の知香の手紙に、夢が実現しそうにない、なんて書いてあっただろ。気になっていたんだ」

「ありがとう。でも今は言いたくないの。私が言いたくなったら、達也君、聞いて」

知香は、少しだけ悲しそうな目をした。しかし、暗い話になることを嫌った知香は、

「ね、それより、番長が、かずにラブレターを渡したこと知ってる?」

「え、田村《たむら》が、小宮に?」

「そう」

「嘘だよ、そんなこと」

「それが、本当なの、道子から聞いたのだから間違いないわ。かず、私にいつ相談を持ちかけてくるか、楽しみにしてるんだけど、未だに言ってこないの」

「それは、事件だよなあ。だけど、知香はいつからそんなに意地悪くなったんだ? 以前の知香だったら、絶対に冷やかしたりしなかっただろ」

「別に冷やかしたりしていないわ。でも達也君、番長が、かずによ。うまくいくと思う?」

「無理だよな」

「でしょ!? だったら、この問題は絶対、番長のためにも、深刻にしてはいけないのよ。もう何人もの友達が知っていることなんだから」

「それで?」

「うん。このまま収まればそれでいいけど、そうでないなら、笑ってあげるの」

「笑う?」

「そう、笑うの。人って笑ってほしいと思う時、あるでしょ?」

「…………」

達也はこの時、知香の心の原点を見たような気がした。知香の優しさには美がある。押しつけ

たり、おせっかいな優しさではなかった。思いやりの中に息づいた誠だ。しかし、それは知香ならではのことで、「笑う」などということをもしも他の者がやろうとしたなら、たちまち田村のその荒い性格の逆鱗に触れたであろう。そして、この難解とも思える番長の恋物語も、おそらく知香の手によって、誰をも傷つけることなくハッピーエンドを迎えるに違いなかった。

そんな、ちょっとしたドラマもあり、周りの人々の気配りを受けながら、知香は、以前のように平凡ながら明るい学校生活を送ることができた。

幹夫の話ではジェンヌも、あの後、見違えるように体力が回復して、調教が続けられているとのことであった。

そのジェンヌのもとを知香が再び訪れたのは五月の連休中で、その日は知香の十五歳の誕生日でもあった。体調は芳《かんば》しくなかったが「どうしても」という知香の希望に、幹夫が応えたものだった。

一ヶ月ぶりに見たジェンヌの馬体は、もう知香の知るそれではなく、肩の筋肉は隆々と盛り上がり、尻回りは以前より、一回りも二回りも大きくなっていた。「これがプロの仕事だ」、ジェンヌを見た幹夫は、その仕事の「出来栄え」の凄まじさに、敬服の意を表さずにはいられなかった。

「とりあえず秋の新馬戦には間に合わせることができそうです」

南田は幹夫に歩み寄りながら、面目を保った喜びを顔に表していた。

「ありがとうございます。大変だったでしょうね」

幹夫は礼を言ったあとで、

「ジェンヌの身体の欠陥は、やはり問題ですか？」

それは、知香にとっても、南田から、直に聞きたかったことである。

「そうですね、ジェンヌは確かに前脚のバランスが良くありません。特に左回りコースは無理でしょう。これは断言できます。幸い、京都も阪神も、右回りですから、その点では問題ありません。それと、これは非常に言いにくいことですが、ジェンヌには甘え癖がついていて、その辺が勝負に行ってどのように出るか、そちらの方が気になりますね」

確かに鋭い指摘である。知香にも、南田の最後の言葉の部分は、充分に理解できた。更に南田は知香たちの傍を離れる時、

「すみません、今から併せ馬がありますから私はそちらの方に行かなくてはなりませんが、どうぞごゆっくりしていって下さい。それと、ジェンヌのことはお任せ下さい。もちろん、多くは望めませんが、一つは必ず勝たせてやりたいと思っています」

力強く言って、この場を去った。知香は少しの間ジェンヌを見つめていたが、何を思ったか、急に幹夫と洋子の手を引いた。

「帰ろ！」

幹夫と洋子は「えっ」と思って知香を見たが、知香は振り返ることもなく、車の方へ歩いていく。二人は顔を見合わせたが、幹夫はその理由をすぐに理解して、

「洋子、行くよ」

と促して、知香のあとに続いた。

一方自分の傍に来てくれる、と思ったはずのジェンヌは、それに慣れているはずの坂本が驚く

ほどの断きを上げた。知香はその声を、後ろ髪を引かれる思いで聞いたが、それでも振り向かなかった。

「知香、せっかくここまで来たのに、ジェンヌに声もかけずに帰っていいの？」

洋子の声が後ろから聞こえた。

「いいの」

「でも、それじゃあ、何のために……」

「いいんだよ、洋子」

幹夫は洋子にその後の言葉を言わせなかった。

こうして知香たちはわずかな時を過ごしただけでこの場を去ったが、知香はこのとき自分自身に誓った。「ジェンヌの甘え癖、それは私のせいだ。もうこのような形でジェンヌに会うことはやめよう。それが、ジェンヌのためだ」

知香は車に乗って、そこを離れる時、後部座席で、遠ざかるトレセンに向かってまるで吐息でもつくかのように、囁いた。

「さようなら、ジェンヌ」と——。

第二十三章　早苗の手紙

知香は、それから二度の入退院を繰り返しながら、夏休みを迎えていた。達也たちは高校入試に向けて、最後の追い込みに入っていたが、知香にとっては一年前までのキラキラとした夢は、もう遠い昔のことのように思えた。幹夫と洋子は知香が退院してくる度に、知香の病気が「今度こそ治ったのではないか、知香はきっと助かる」と淡い希望を抱き続けたが、二度三度、と繰り返される入院の度に、改めて、耐えがたい恐怖と、悲しみに襲われた。

夏休みに入ったその日の夜、栄治が出張で留守のために、達也は夕食を知香の家で食べることになった。といっても特別な料理を作るわけではなく、いつもの夕食風景に、達也がその場にいるだけのものであった。知香の食欲はかなり落ちていたが、幹夫と洋子はあえてそれに触れることはしなかった。

その知香は食事のあとで、

「達也君、私ね、明日、連れてってほしい所があるんだけど、勉強、忙しい？」

「勉強なんて一日くらいしなくたって、どうってことないけど。映画？」

「ううん、街に行って、いろいろなことをしてみたいの」

知香には、特別な目的はなかったが、この半年間、病気とだけ闘ってきただけに、以前のように何も考えず、ただ遊んでみたかった。そして、達也とは、確かに数え切れないほどの思い出はあったが、それは、いわゆる自然の産物であって、すでに、恋を経験した知香の思い出とは、全く異質のものだった。そして何よりも、知香は自分の命が、あと幾ばくもないことを本能的に感じていて、無駄な時を過ごしたくない気持ちが強くなっていた。皮肉にも、知香が達也への「愛」が「恋」であったことに気づいたのは、達也に別れを告げられた、その時である。しかし、ここに至って、一度は散ったはずの初恋の花は、知香のその意に反して、またその花びらを開こうとしているかのようだった。

「今まで達也君とは、いっぱい遊んできたけど、それは近所のお友達として、でしょ⁉　一度だってデートしたことないもの。だから達也君と一度くらい、ちゃんとしたデートをしてみたいの。お茶を飲んで、映画を観て、お買い物をして、そして歩く時は、腕くらい組もうかな。ね、いいでしょ？　達也君」

その言いように、洋子は箸を置いて笑い、幹夫は飲んだ水割りを噴出した。それはテーブルの上に散ったが、辛うじてその後の食事の続きには影響を与えなかった。

「ちょっと待てよ知香、僕たちを前にして言うセリフじゃないだろう」

「あら、いけないこと言った、私？」

「いけなくはないが、少しは遠慮してくれよ、これでも知香の父親なんだから」

「だけどお父さんは、そんなこと思わなかったの？」

「それは。思ったこともあったさ、でも、少なくとも知香の年齢じゃなかったなあ。高校生になってからだったよ」

「大して変わらないじゃない」

知香は笑ったが、その笑顔の裏で「お父さん、私は、高校生までは待てない。きっと」と一瞬の愁いをみせた。

「知香の秘めた情熱は、お父さんに似たのね」

洋子も今夜は珍しく、盃を手にしていた。

「えっ、お父さんって情熱家だったの」

「おい、洋子、何を言い出すんだ。よさんか」

幹夫は照れた。そして慌てて洋子のその後の口唇を動かせまいとしたが、知香によってそれは阻まれた。

「ね、お母さん、聞かせて。お父さんの若い時、どんなだったの？　達也君も聞きたいでしょ!?」

知香は、笑みを浮かべて聞いている達也の腕を軽く叩いた。達也もまた、この場の雰囲気に飲まれるように、悪乗りして、

「うん、聞きたい、聞きたい。僕の尊敬するおじさんが、どんなだったか、知りたい」

「達也、おまえまで、なんだ！」

幹夫は苦笑いで達也を叱ったが、洋子はチラッと幹夫に視線を向けて、

「まだ恋愛中の時だけど、お母さん、盲腸で入院したことがあるの。その時、お父さんは、一週間、一日も欠かさずに、バラの花束を届けてくれたのよ」

「すごい！　でもどこかで、聞いた話ね」

知香の声であった。

「でも、その時、お父さんは真剣だったわ」

「………」

「その頃お父さんは大学生だったし、お花を買うお金だって大変でしょ。これはあとで聞いた話なんだけど、その時、無理矢理、達也君のお父さんにお金を借りて、返すのに三ヶ月もかかったそうよ」

「ね、そんなに沢山のバラ、お母さん、どうしたの？」

「おばあちゃんが、毎日、家に持ち帰って、近所のお家にあげたそうよ」

幹夫は、

「おまえたち、お母さん、今日は酔ってるから、本気にしたらダメだぞ」

知香と達也に釘をさしたが、知香たちは当然、洋子の話を信じた。

「そしてね、これはお父さんと、サイクリングに行った時のことだけど、お母さんが誤って一メートル位の高さの土手から川に落ちて、脚に擦り傷を負ってしまったの」

「もうよさんか洋子」

さすがの幹夫も、そこに恥ずかしさの限界があった。

「ダメよ、お父さん。ね、それからどうなったの？　お母さん」

またしても知香の黄色い声に、幹夫は黙るしかなかった。

「そしたらお父さん、蒼《あお》い顔をして、私を助けたかと思うと、何を思ったのか、あわてて、駆け出して、救急車を呼んでしまったの」

「あらら……」

身を乗り出すかのように聞いていた知香は、達也に向かって、笑った。

「あの時、君は、痛い、痛い、痛いと言っていたじゃないか」

幹夫の苦しい言い訳であった。

「ね、その後どうしたの？」

知香は、幹夫が少々気の毒に思えたが、その結末を聞かずにはいられなかった。

「救急車が来た時には、お母さん驚いたわ。大丈夫ですから、と断ったのだけど、せっかく来たのだからと、病院に運ばれて……。診察の結果は、全治三時間と言って、お医者さんに笑われた。お父さんは救急隊員の人にずいぶん油を絞られたようだし……」

「それはそうよ。信じられない」

知香と達也は声を出して笑った。

「お父さんのような人ばっかりだと、救急車がいくらあっても足りないわね」

知香は笑いの中で言ったが、父が、母をどれほど愛していたかを改めて知って、嬉しかった。

知香の駄目押しの言葉に、バツが悪そうな幹夫も、最後には笑っていた。

知香の病気が発覚してから、この家族からは真の笑顔は消えていただけに、幹夫にとっても心の安らぐひと時であった。そして幹夫は、達也に向かって、改めて言った。

「達也、すまんが連れていってくれんか？」

「もちろんです」

達也は即答だった。そして嬉しかった。以前のように話をしてくれる知香に戻ってはいたが、達也にはまだ、知香に対する負い目が多分にあった。

「それで、どこへ行くの?」

洋子が尋ねると、

「そうね。どこだっていいんだけど、久しぶりに船にも乗ってみたいし、神戸あたりにしようかな」

「そんな所まで、達也君と二人で大丈夫かしら……!?」

「大丈夫よ。今、調子がいいから」

「でも……」

洋子は、気にする姿勢を崩さなかったが、

「洋子、知香が大丈夫だと言っているのだから、知香と、達也に任せておきなさい」

幹夫が諌めて、洋子も納得したように、

「それじゃあ、フェリーで行くのね。お母さん、港まで送って行くわ」

「ううん、バスで行く。でも、小遣いは沢山頂戴ね」

達也は無邪気に言う知香の顔を見て、思わず微笑んだ。自分が知香に犯した失態を、知香はもう怒ってはいない。達也はそう思った。

そして、ある一通の手紙を、知香に見せる時が今であることを感じていた。

「知香、見てもらいたいものがあるんだけど、いいかな?」

「なあに?」

「今、持ってくる」

達也は席を立った。そして、すぐに戻ってきて、それを知香の手に渡した、知香は、渡されたものが、早苗からの手紙であることに気づき、自分の部屋に入って、それを読み始めた。

池田君、突然だけど横浜に帰ります。私にはやっぱりこの町が合わなかったみたいです。でも池田君とのことは、楽しかったわ。それに私の病気のことを気にしてくれてありがとう、私のせいで池田君が辛い思いをしたことも謝ります。それと、この前、池田君のことで村上さんには負けたくない、と言ったけど、あれ、取り消す。本当に、負けちゃったけど、村上さんなら全然悔しくないもの。

あの人には絶対勝てないし、勝ちたいとも思わない。なんだか村上さんの傍にいると、自分が小さく思えてしまう。池田君、村上さんのことを幼友達なんて言っていたけど、それだけじゃないってこと、知るべきよ。私はいくらでも男友達をつくれるけど、村上さんの性格では無理、池田君でなければダメなのよ。本当は心のどこかで、分かっているのでしょ。私が言うのはおかしいけど、もっと素直になった方がいいと思うな。色々書いたけど、この手紙、村上さんに見せてもいいよ。

村上さん、もしこの手紙を見ていたら、これまでのこと、ごめんなさい。池田君にあなたと親しくしないで、と言って引き離したのは私なの。池田君は、私のうつ病を治そうとして頑張っていてくれただけ。池田君はあなたのことが好き。間違いないわ。

それじゃあね。またいつか会えるといいね。さようなら。以上でした。早苗この手紙は、知香に小さな嘘をついていた。達也が一時的にせよ、早苗の病気に関係なく、早苗に対して友達以上の好意をもったことは事実である。早苗は、この手紙を知香が読むことになることを確信して、達也の気持ちをこのように綴ったのである。

知香はこの早苗の、らしくて、らしくない達也への手紙を、表しようのない複雑な心境で読んだ。達也が自分に対して、友達以上の感情をもっていることは、もはや事実として、知香自身の肌で感じていた。その意味では、知香にとって早苗はある意味、恩人であると言えなくはない。

もしあのまま達也への思いが、知香の心の中に深く潜んだままであれば、当然、達也の気持ちを確かめることなど、思いもよらなかった。早苗は、達也の中に眠っていたこの時期、誰にも存在する異性への関心を、達也に目覚めさせた。知香は、早苗が達也と親しくしていた時でも決して嫌な態度は見せなかったが、この手紙で早苗の隠れていた一部分を見たように「木塚さんも私のように悲しんだのかしら」と思った。

そして、知香と達也にとって、この恋が苦しみと悲しみの始まりであることを知香は知っていた。達也を自分の病気に巻き込みたくないがために、あのような返事も書いた。しかし、今は達也には甘えてみたかった。甘えて甘えて、達也を悲しくさせそうになった時、今度こそ、本当に自分の方から「さようなら」を言おう。知香がこのところ思っていた悲しい決意であった。

知香はもう一度手紙を読み返して、改めて自分の運命を恨んだ。そして不覚にも手紙の上に一粒の涙を落としてしまった。慌ててそれをハンカチで押さえたが、その部分の文字がわずかに滲んでしまった。

やがて心を落ち着けた知香は、達也たちの元へ戻って、

「ごめんなさい。少し汚してしまった」

申し訳なさそうにその手紙を達也に返した。

達也は、知香がなぜ手紙を汚してしまったのか、それを見るまでもなく分かっていた。

ちょうどその時、大阪の浅井から幹夫に電話が入った。幹夫はしばらく浅井と話をしていたが、電話を置くなり、

「知香、ジェンヌの出走予定が決まったそうだ。九月一週の阪神競馬場だ」

「わあ、決まったのね。ジェンヌは頑張ったんだ。お父さん応援に行くでしょ？」

「もちろんだとも、何をおいても行くぞ。横断幕でも作るか」

洋子は子供のようにはしゃいでいる幹夫を、潤みそうになる瞳でそっと見つめていた。

第二十四章　思い出

あくる日、知香と達也は、朝早くからバスに乗って港に向かっていた。港に着くとすぐにフェリーが入ってきた。夏休みに入ったせいか、若者たちが大勢船から降りてきた。

本土に向かう便は車も人も閑散としていて、知香たちは船に乗ると、どこへでも座れはしたが、あえて二階の甲板に並んで座った。二人の目には、今この船から降りたばかりの車が、それぞれの目的地に向かって、西や東に走っていくのが見えた。やがて船は、汽笛を合図に、白い波をたてながら島を離れて、瀬戸内海を横断するように明石へ向かった。船上の二人を心地よい風が、絶え間なく吹き抜けて、長い髪の知香は、何度もその髪を手でかきあげていた。

「二人っきりで船に乗るなんて初めてだね」

「そうだよな。知香とはいろんな所へ行ったけど、二人だけでなんてことはなかったよな」

「そうね、達也君との思い出といえば、いつもの浜辺でお喋りしたり、海や山で遊んだり、沢山あるけど、これといったものなんて、ないわね」

「思い出って、そんなものじゃないのか？」

「そうかもしれない。でも、達也君との思い出なんだもの、そんなものじゃ物足りないわ」

知香にとっては昨夜に続いての大胆な言葉だった。

「…………」

「達也君はそうは思わない？」

達也はそれには答えず、

「知香、なんだか大人になったね。それと知香は、昨日から少し変だよ」

「…………」

達也は、知香に対しての洞察力は以前に比べて遥かに増していて、昨日からの知香の一連の言動が妙に気になっていたが、その大きな原因が、言うまでもなく、知香の病気にあることは分かっていた。知香に尋ねても喋ろうとしないし、父に聞いても「大丈夫だ」のひと言で済まされていた。だが横にいる知香は、ふっくらしていた顔がひと頃より明らかに痩せて見えるし、あれだけ好んで食べていたお菓子などもほとんど口にしようとはしない。この日だって、いつもの知香なら、カバンの中身はおやつで一杯だったはずである。達也は混乱していた。

「達也君、どうかしたの？」

知香は、眩しそうに海を見ていた目を達也に向けた。達也は、知香の声にハッとして、

「何でもない。少し他のこと考えてた」

と言いながらも、やはり今の知香に、何かふっきれないものを感じていた。

達也は、知香が初めて倒れた時から遡って、どう考えても今の知香の体が正常だとは思えなかった。早苗と遊んでいた時でも知香のことは絶えず心にあって、知香が大阪の大学病院で検査を受けたことも知っていた。「やっぱり知香の病状は良くないんだ」達也の聡明な頭脳は、正しくそ

こに到達した。

船はすぐに明石の港に着いて、知香たちは須磨浦《すまうら》公園から、ロープウエイに乗って六甲に登ることにした。そこからは淡路島の全貌が望めて、淡路とはひと味違った風情を見せている。いくらも登ったとは思えなかった六甲の風は、それでも肌に爽やかだった。

二人は展望台に上がって、見慣れているはずの瀬戸の海を、それぞれの思いで見つめていた。周りには自分たちと年端の変わらないグループが、写真を撮り合っていた。

「ね、達也君。他の人たちが私たちを見て、何と思うかしら」

知香はわずかにそこに目を移したが、すぐに達也にその目を向けて、はにかんだ。

「分からないよ、そんなの。知香だったら何て思う?」

「そうね。私だったら、素直に、好き同士なんだな、って思うかな」

「ハハハ、そんなことだったら、僕だって思うよ。知香だったら、もっと違った見方をするんじゃないかと思った」

「違った見方って?」

「上手く言えないけど、ただそう思った」

「そうね。私、今まで達也君以外の男の子に好意をもったことがないし、少し変わっているかもね……」

「だけど、僕たちはずっと、今まで一緒にきただろ。それがどうしてお互いに、それ以上の好意をもつようになったのだろう?」

「分からない。でもいつの間にか、好きになってた」

知香は達也に向かって、初めて言葉で「好き」と言った。どちらかといえば、おとなしい性格の知香ではあったが、昨夜、洋子が言っていたように、その身体には熱い情熱の血が流れていたのである。

やがて二人は、その辺りを散策しながら少し坂を下って展望レストランに入り、軽い食事をとって、時を惜しむように神戸市街へと向かった。

そこで、二人は美術館に行き、喫茶店でお茶を飲み、デパートに行き、最後にカラオケボックスに入った。知香はボウリングもしたかったが、

「今の知香の体力では無理だよ」

と気遣う達也の言葉に従って、それは諦めた。

カラオケボックスでは、知香の笑いこける姿が見られた。マイクを手にした達也の歌がおそろしく下手だったのである。今まで人前で決して歌おうとしなかったその謎が、今、解けた。

しかし、明るさの中にも時々見せる知香のやつれたような表情も、この時ばかりは完全に払拭されていて、次に何を歌おうかと歌詞ブックに目をやる達也を見ているだけでも楽しかった。歌が下手だからといって笑うような知香ではなかったが、達也に対してはそれができた。それに反して知香は驚くほど上手でレパートリーも広く、演歌さえも歌えた。最後に知香が「なごり雪」を熱唱してそこを出た。まだまだやりたいことが知香には沢山あったが、それには一日という日が短すぎた。

街中に入った二人は目抜き通りを歩き始めたが、そこの小さなお店で知香は偶然、一冊の可愛い日記帳を見つけて、買った。それを買う時に知香は「この日記帳に書き込める日が私にはある

のかしら」と密かに思った。

そして全ての遊びを終えた知香は、達也と並んで街を歩いた時、自分の腕をそっと達也の右腕に絡めた。それは一瞬であったが、知香が今日、もっとも経験したかったことである。その時、知香は達也の目を見てニコッと笑った。

帰りのフェリーに乗った時には、真っ赤な太陽が水平線の向こうに沈もうとしていて、一等星が東の空で微かにその光を放っていた。今日一日の知香によって演出された思い出は、知香の胸に確かに刻み込まれた。

デッキに立った知香は、さすがに疲れた表情を見せていたが、それでも夕陽を映した瞳を達也に向けながら、

「私ね、小さい頃、達也君のお嫁さんになりたいって本気で思っていたのよ。私って、おませだったんだね……。達也君とは、いつでも一緒だったのに、それでも、離れたあとが悲しくて、ずいぶんお母さんを困らせた」

「僕たち、お互いに一人っ子だし、やっぱり寂しかったんだよ。きっと」

「そうかもね。でも、達也君は本当に、いつだって、優しかったもの。どんな時でも私を庇ってくれたし」

「いや、庇ってもらっていたのは僕の方かもしれない。知香は誰にだって好かれていたし、今だってそうだけど、知香に見つめられると、なんだか不思議と落ち着いてしまうんだ。お母さんが言ったことがあったよ。知香ちゃんの性格は稀だって」

達也は今、母の言葉を思い出し、それを知香に告げた。そして母を失って三年、もし知香の存

在がなければ果たして、今の自分でいられたかどうか。そう思う時、達也の胸で知香への愛しさが音を立てて膨らんでいった。

こうして二人は、大人の恋の片鱗《へんりん》を見せながら、船が港に着くまで、話が途切れることはなかった。

バスに乗り、浜辺の近くの停留所で降りると、知香は、意を決するように達也に言った。

「達也君、言っておきたいことがあるの。少しだけいい？」

「うん、いいよ」

達也は答えたものの、なぜか達也の胸をある種の不安がよぎっていた。

二人が砂浜に降りた時、陽は完全に落ちて、星と月の明かりが、その威力を発揮していた。そして暗い海に目をやると、今日過ごしてきた神戸あたりの灯が、彼方《あなた》に見える。知香と達也は、渚に肩を並べて佇んだ。足元を小さな波がザーッと侘しげな音を立てて、寄せては引いた。

「達也君。達也君はこの前、誰かが、自分の星を見つけて、死期を悟ったと言っていたよね」

昼間とは違った知香の細い声が、わずかに響いた。

「うん……？」

「もしそうだとしたら、私の星はもう消えそうになっているのかしら」

空に目をやる知香の瞳は、星の光をまともに映していた。

「知香、おかしなこと言うなよ」

達也の胸の鼓動は、激しく打った。知香の身に異変が起きていることは間違いない、と結論づけてはいたが、知香の表情は、達也のそれを超えていた。そして、その後の知香の言葉が怖かった。

「知香、何が言いたいの？」

　しかし、達也は、聞かずにはいられなかった。

「私、がんなの」

「………!?」

「もう、長く生きられないかもしれない」

「何言ってるんだ、知香……」

「お父さんやお母さんは、もう、知っていると思う。そのことを、私には言わないけど。私が受けている治療が、がん治療なのは間違いない」

「そんなの、自分で決めつけるなよ」

「………」

「お医者さんが、そう言ったのか？」

「そうじゃないけど」

「だったら、知香の勘違いってこともあるじゃないか」

　達也の中に戦慄が走ったが、あえて冷静に言葉を選んだ。知香はその表情を変えようとせずに、そっと首を横に振った。

「脳に腫瘍ができてるみたい。それで時々、発作が起きたと思うけど、今は足が痺れることもあるし、時々、何でもないことを忘れてしまうこともあるの。ネットで調べたけど、症状だって間違いなかった」

「…………」

「でも、私が病気のことを知ったと分かったら、お父さんたち、もっと悲しむと思うから、言えないし……」

「それで、今まで一人で苦しんでいたのか」

「誰にも言えなかった」

「そんなの、知香らしくないよ。小宮にだって言えたじゃないか」

「それは何度も考えたわ。でも、かずはあんなだから、悲しませたくなかった」

「そんなのダメだよ」

「じゃあ、どうすれば良かったの?」

知香は達也に、悲しそうな目を向けた。達也はそれを優しく受け止めて、

「知香は今まで、友達のために悲しんだことはないのか? 僕は何度だってあるよ。友達のために、喜んだり、悲しんだりするのは当然じゃないか。知香はいい子すぎるよ。小宮だってそんなこと聞けば絶対、怒ると思う」

達也の声には、静かな中にも激しく悲しい怒りがあった。

「…………」

「それに、知香の言うとおり、がんだったとしても、一人で悩んでいて、どうなるんだ。おじさんや、おばさんだって、知香がそんなじゃ、言いたくても言えないんだと思う。でも真実は、どこまで行っても真実だろ。それをちゃんと受け止めて、知香らしく生きなきゃいけないよ」

知香は、泣かないと決めていた。達也の厳しく優しい言葉が、それを裏切ろうとしたが、それ

でも耐えていた。

「ね、達也君、教えて、それじゃあ私、これから、どうすればいいの？」

「もしもがんだとしたら闘うんだ、病気と。医学だって進歩してるんだし、きっと良くなる。絶対良くなるよ」

「…………」

「知香、ジェンヌだって、ハンデを背負って頑張ってるんだろ。知香たちの期待に応えようと必死で」

「…………」

「知香には大きな夢があるんだし、夢は絶対に捨ててはいけないよ。勉強のことは僕がなんとかする。知香が仕方なく学校へ来れない時は、毎日だって習ったことを教えてやるよ」

それは、励ましを超えた心底からの愛の叫びであった。知香は、今日一日、達也との思い出を残そうと達也を誘ったが、真の思い出は、やはりこの砂浜にあった。人の愛は形ではなく、誰にも見えることのない、その真心だ――知香は今、改めて知った。

「ありがとう。達也君。私、達也君に話して良かった」

知香は達也に背を向けて、密かに目を拭いた。しかしその涙は、流すまいと誓った涙ではなかった。そして、

「達也君。怒らないで聞いてね」

と前置きして、

「私は今日、最後の思い出を残そうとして、達也君を誘ったの。そして、今日で達也君とお別れ

しようと決めていた」

「やっぱり、そうだったのか」

「うん、でも最後なんて考えるのはやめる。今からだって達也君との思い出がいっぱい欲しいから」

「そうだよ知香、今からは悲しいことなんか考えないで、勇気を出して病気と闘うんだ」

ここまでは、知香にがんだと知らされた達也も、意外なほど冷静に見えた。しかし、この時達也はいきなりである――。

「ワアアアー」

と、天地も裂けるように叫んで、暗い海に飛び込んだ。

「達也君、やめてぇー」

知香の声にも達也はやめようとせずに、体を腰まで海に沈めて、無茶苦茶に海面を叩き、そして両手で海水を掬って、頭からそれを浴びせ始めた。

「ハハハ……。僕がちゃらちゃら遊んでいた時、知香は病気のことを誰にも言えずに苦しんでいたんだ。僕が死ねばいいんだ！」

「やめて、達也君。早く上がって！」

「いいんだ知香、僕なんかどうなっても」

「達也君が、上がらないなら、私がそっちに行く」

知香は海に入ろうとしたが、

「ダメだよ。分かった。上がるから」

達也は仕方なく全身をずぶ濡れにして陸《おか》にあがった。

「達也君の馬鹿。こんな無茶をして」

知香は、何度も濡れたハンカチを絞りながら達也の体を拭いていた。そして、この砂浜に達也の涙が初めて落ちた。

二人を包む宵闇が、深まっていき、悲しいまでに静かな瀬戸の海を、一隻の本船が滲んだ汽笛を響かせながら東から西へと進んでいった。


その夜、達也は栄治が帰宅してすぐに、である。

「お父さん。お父さんは知っていたんだね」

「何のことだ?」

「知香の病気のことだよ。なぜ僕に黙っていたんだ」

「そうか。とうとう、おまえにも分かってしまったのか」

「今日、知香から聞いたんだ」

「知香ちゃんから!?　それじゃやっぱり知香ちゃんは知っていたのか?」

「ごまかさないでよ!」

「達也、落ち着け、ごまかしたりはしていない」

「だったら、どうして……」

「知香ちゃんも、幹夫たちもお互いに気づかないふりをし合っているからだ」

「…………」

「いいか、今、知香ちゃんたちは、思いやりの中で、互いに葛藤しているんだ。そんな時、どんな顔をして、おまえに何を言えばよかったというんだ」

「…………」

「達也、今、お父さんたちができることは、悲しいが何もない。ただいつものように、明るく接してやることしかできないんだ。いつものように……」

達也は、その時、父が、母を失った時と同じ顔をそこに見た。そして何も言わずに自分の部屋に入っていった。

第二十五章　記　者

八月の終わり頃、栗東では北海道などで休養や調整をしていた競走馬たちが続々とこの地の厩舎に戻り、これから始まる秋戦線に備えていた。ジェンヌは暑い夏をこのトレセンで南田や坂本たちによってみっちりと鍛えられて、今は競走馬として恥ずかしくない馬体を見せていた。ジェンヌは、九月一週の阪神競馬場での出走が決まっていて、今まさに、最終的な仕上げ段階に入ろうとしていた。南田は望遠鏡を使ってジェンヌの走りを入念に観察していたが、日日スポーツ競馬担当記者の高木大介《たかぎだいすけ》が、ある目的をもってここを訪れた。

「南田先生。この馬ですか、例の馬は」

記者は、馬に関する情報を、その出生や生い立ち、性格までも驚くほど克明に知っていた。大きなレースになると、自分の打つ印によって多額の金が動いて、大げさに言えば、その一つの印が競馬ファンの人生までを左右することだってある。高木はそれを充分認識していた。まだ駆け出しであったが、鋭い感覚と熱心な取材によって、彼の予想は、かなりの的中率を誇っていた。

その高木は、ジェンヌが他の馬と違った経緯で南田厩舎に入ったことを、取材によって知り、わずかな興味をもっていた。しかし、そのわずかな興味によって、高木がこの世界で有名な記者として名を馳せさせることになるとは、誰が予測できたであろうか。

「やあ、高木君。どうした」

双眼鏡から目を外した南田は、高木とは懇意の仲であった。

「どうしたはないでしょう。取材ですよ。何かいい話はありませんか？」

「ある、ある。あそこにいるジェンヌだ」

「またまた……。真面目に話してくださいよ」

「何言ってるんだ。僕は大真面目だよ」

南田は笑った。

「ところで君はジェンヌにどんな印を付けるつもりなんだ？　まさか二重丸じゃあないだろうな」

「勘弁して下さいって」

高木は頭を掻きながら、追い切りから引き揚げてくるジェンヌに目をやった。そして彼は、世辞にも今のジェンヌが、掲示板に上がることはないだろうと考えていたのである。

「どうせ、何も印は付けんのだろう？　知らんぞ。この前のロイヤルみたいなことになっても」

「いやあ、あれには参りましたよ。追い切りから見て、直線であれほどの足を使うとは思いませんでした。次はちゃんと印を打ちますから……」

高木は、おどけるふうに、再び頭を掻いた。

そこへジェンヌが、主戦騎手となる予定の海野《うんの》謙作《こうさく》を背に引き揚げてきた。

謙作は、今年デビューしたばかりの新人騎手で、まだ初勝利には至っていなかった。

「どうだ、謙作。ジェンヌの調子は」

「はい。やっぱり、どうしても右へ、右へと寄れてしまいますね。でも、かなり、スタミナはありそうです」

「そうか、矯正するのにまだ時間がかかるな。ご苦労さん。ジェンヌを厩舎に入れといてくれ」

　南田が謙作に指示したところで、高木は、

「おい、謙作。来週は四回も騎乗するんだから、一つくらいは勝てよ！」

　と声をかけて、南田に話を向けた。

「南田先生。実は面白いことを耳にしたのですが、少しいいですか」

「何だね？　トクダネなら、ジェンヌのことしかないぞ」

「ハハハ。まだそんなことを言ってるんですか」

　高木は笑ったあとで、急に真面目な表情になり、

「いや、実は、噂の出所《でどころ》は定かじゃないのですが、ジェンヌの事実上のオーナーの娘さんで、何と言ったかなあ……、ちょっと名前は思い出せませんが、面白い子がいるらしいんですよ。ご存知ありませんか？」

「ああ、知香という子じゃないのか」

「あ、そうそう。先生はやっぱりご存知でしたか。その娘さんが、なんでも、馬に大変な興味があって、しかも不思議なほど、馬がその子の言うことを聞くという噂なんですよ。その話を会社《うち》の連中にしたら、是非とも取材しろって、うるさいんです。僕の本業じゃないんですけどね」

「そうか、その話だったら、僕も少しくらいは知っているよ」

「そうですか、何でも結構ですから、話していただけませんか」

「いや、実は、な」

と南田は以前、ジェンヌが飼い葉を食べなかった時の話や、馬主の浅井から聞いた話をした。

高木は南田の話を、大きな興味を示しながら聞いていたが、「これは本気で取材をする価値があるぞ」と確信した。

「分かりました、ありがとうございます。あとはこちらの方で調べてみます」

高木は南田に丁寧に礼を言い、栗東をあとにして、その足で、長野へと車を走らせていった。

第二十六章　走れジェンヌ

一方、知香は八月の終わりにかけて、またしても体調を崩していた。

その日、知香はしばらくなかった発作にみまわれて、即刻、四度目の入院を余儀なくされた。今度の発作は過去に例のないもので、頭痛に加えて、激しい嘔吐も伴っていて、担当医の野口たちに、緊張を走らせた。

翌日、その野口から幹夫と洋子に、今回行った検査結果の報告がなされた。その結果は、二人にとって、もはや絶望的なものであった。

「CT検査の結果、知香ちゃんの病状は、予想以上の速さで進行しているようです。それに、腫瘍が他の部分に転移していました。非常に危険な状態です」

野口は悲痛な表情で告げて、二人から目を逸らすように、スライドに貼られた写真を何度も見つめていた。野口に限らず、医師として、何人であろうと、その病気から患者の生命を守ることは最大の使命であり、生き甲斐でもあったが、感情論から言えば、知香は、野口にとっても特別な存在であった。知香はどんな時でも頬のえくぼを見せていたし、その仕草にしろ、話し方にしろ、看護師たちに見せる気遣いまで、とても中学生のそれとは思えなかった。野口たちはそんな知香の病気に対して、密かにプロジェクトを組んで対処してきたが、今ここに及んで、それが報われようとしない悔しさが、野口の胸を激しく襲っていた。

看護師にとっても、その思いに変わりはなく、特に今、この部屋で立ち会っている田辺淳子《たなべじゅんこ》は、この何ヶ月の間で、知香のことを妹のように可愛がっていたし、知香も淳子に対して、お姉ちゃん、お姉ちゃんと、ことあるごとに親しみを表していた。看護師には、病人の関係者の前で涙を見せることは許されなかったがために泣かなかったが、まだ若い淳子は、おそらく声を出して泣きたかったに違いなかった。

野口の報告を聞いた幹夫と洋子は、気持ちのどこかにあった淡い願いも消えて、「これまでなのか」と諦めの気持ちを色濃くしていたが、いかにしても知香が今まで以上に苦しむことだけは避けたかった。幹夫は冷静さを装って、

「先生、知香は今後、もっと苦しむのでしょうか?」

声を穏やかに尋ねた。

「言いにくいのですが、発作が起きれば、今回のようになることは避けられません」

「その痛みを、少しでも和らげる方法はないのですか?」

「あります。しかしそれは最後の方法です」

「何でもいいから、知香をこれ以上苦しめないで下さい。お願いです。先生……」

洋子の悲壮な叫びだ。

「洋子、落ち着きなさい」

幹夫は立ち上がりそうになった洋子の肩を、震える手で押さえた。

「お母さん、知香さんは耐えているのですよ。健気に病気と闘っているのです。お母さんは、闘うことを、放棄しようと言うのですか!?　最後まで諦めてはいけません」

野口は厳しい口調で、悲しくも鬼になった。

「………」

「先生の言うとおりだ、洋子。今、僕たちが弱気になってはいけない」

幹夫は、興奮の中にある洋子を優しく諭した。

野口に一礼をして、部屋の外に出た父と母の心の中は、もがき、苦しんでいた。というより、どこへももっていきようのない、得体の知れない怒りが込み上げて、今は、涙さえも忘れていた。

知香が入院してから十日。達也は、知香との約束どおり、他人《ひと》が怪しむほど毎日、知香の元を訪れて、その日に習ったことを教えていたし、和代も道子もまた、何度かその明るい笑顔を、そこに見せてくれた。看護師の淳子などは、

「知香ちゃん、羨ましいね。あんなにステキな彼がいて、私なんか、未だにボーイフレンドもいないのよ」

と話していた。

そんな、ある日曜日。ついに知香が夢にまで見た、ジェンヌの走る日は来た。知香は、医師の外出許可が得られずに、病室でのテレビ観戦となったが、この日のために幹夫は、全レース実況放送のケーブルテレビを準備していた。

ジェンヌは、阪神の第三競走、ダート（砂）千八百メートルに、十六頭だてで出走する。幹夫

は、その日、競馬に関する全ての専門誌や、スポーツ誌を手にしていたが、ジェンヌの名前の上には、なんらの印もなかった。ただ一つ、日日スポーツの、高木の欄の「△」以外には。

　番組は第二競走を終えて、いよいよ第三競走のパドックへと画面が切り変わった。まず一番の馬から紹介されて、ジェンヌは十番目に映し出された。画面には「5枠10番、ジェンヌ　４６８キロ　単９８・６」と字幕で表示されていたが、知香には何のことか分からなかった。そしてそんなことはどうでも良かった。

　わずか何十秒、映し出された映像を、知香は食い入るように見つめていた。それは紛れもなく、知香の愛したジェンヌである。そのジェンヌには、あれ以来、会っていなかったが、会いたいと思いながらも、あの時たてた誓いを守ってきたのである。知香は、一瞬、テレビの画面を曇らせたが、

「がんばれー」

　とテレビに向かって小さな声をかけた。

　そして発走時間の十一時五分はきた。その時、看護師の淳子が部屋に、

「ちょっと、さぼっちゃおう」

　と言いながら入ってきて、

「知香ちゃん、何番、何番なの?」

「ジェンヌは十番よ」

　知香の言葉で、テレビに目をやった。

　やがて合図のファンファーレに促されて、各馬がぞくぞくとゲートにその身を収めていった。

新馬戦らしく、何頭かゲート入りを嫌っている馬もいたが、ジェンヌはすんなりと収まっていた。すぐにゲートが開き、ジェンヌたちは一斉にゲートを飛び出して、一コーナー、二コーナーと回り、向こう正面の直線で、ジェンヌは先に行く馬に離されまいと、後ろから二番目を力強く走っていた。知香は細い手を胸で組み、祈る気持ちでその場面に見入っていたが、それは勝つための祈りではなく、ジェンヌが無事にゴールするための祈りであった。

「ジェンヌが、私のジェンヌが走っている。皆と一緒に……」

知香はジェンヌが十二番目にゴールする瞬間を、自分の目で確かに見届けた。

そしてわずか二分足らずのジェンヌの走りは、知香の胸を熱くさせてくれた。

「お父さん、ジェンヌは走ったのね。これでジェンヌは本当の競走馬になったのね」

「そうだよ。見ただろ、知香。ジェンヌは最後に三頭も追い越したんだ。立派に走ったじゃないか」

傍で見ていた淳子が、パチパチと手を叩いて、

「良かったね、知香ちゃん」

競馬のことをほとんど知らないはずなのに、大げさに喜んでいた。こうしてジェンヌの初めての出走は、あっけなく終わったが、知香の胸に熱いものを残したことは確かであった。

第二十七章　悲しみの決断

翌日の午後、知香の病室のドアが一人の男によって、ノックされていた。洋子が応対に出ると、その男は、

「村上知香さんのお部屋はこちらですよね。私はこういう者です」

と洋子に名刺を差し出した。その名刺には「日日スポーツ　高木大介」とあり、洋子には初めて聞く名前だった。

「私は、知香の母で、洋子と申しますが……。あのう、どのようなご用件でしょうか？」

「突然、お伺いして申し訳ありません。お断りしてからお伺いするつもりで、何度かお電話を差し上げたのですが、連絡が取れなくて、直接、自宅に伺ったところ、こちらの病院と聞きましたので……。申し訳ありませんが、少し知香さんにお話を伺いたいと思いまして」

「そうでしたか。それは大変お手数をおかけしました。どうぞお入り下さい」

洋子は高木を部屋の中に招き入れて、椅子を差し出した。

「これ、つまらない物ですが」

高木は、小さな籠に盛られた果物を、洋子に渡して、その椅子に腰を下ろした。洋子は、丁重

に礼を言って、それを受け取り、

「こんな所で、何もありませんが」

と紅茶を、和菓子に添えて出した。

「あ、すみません。どうぞお気遣いなく」

高木もまた、洋子に礼を言った。

知香は、自分に話を聞きたいという、高木の言葉を耳にして、ベッドを出ようとしたが、

「あ、そのまま。そのまま」

その高木の言葉で、上半身だけを起こした。高木は椅子に腰を下ろすと、

「ありあけ牧場の村上牧場長が、知香さんのことを、まるで天使のような子供だ、などと言っていましたよ」

とりあえず、話の始めに長野に行ってきたことを報告した。洋子は、

「まあ、長野まで行かれたのですか!?　牧場長は、私の主人の叔父なんです」

「そうらしいですね。たいへん良い方で、ご親切にしていただきました」

「そうですか。でも、あの方はいつだって、言うことが大げさなんですよ」

「ハハハ、この世界には、結構大げさに話をされる方が多いのです。でも、知香さんの話を聞いていて、牧場長が驚いたことには、私にも頷けました」

高木は、取材というよりも、むしろ、知香に是非とも会ってみたい、という気持ちの方が強かった。それは取材を通じて、高木の心の中に、知香という一人の少女の人間像を描き出していたためである。

果たして今、知香に会ってみて、高木の中の知香とは、全く違っていた。高木の中の知香は、あくまでも活発で、ある意味、男性的で、典型的な「今時」の少女であった。しかし自分の前に座っているのは、もの静かで、頬に愛らしいえくぼを浮かべたあどけない顔の美少女ではないか。そして自分の話の間で時々頷く、その何気ない仕草も、今までに自分の出会った知香と同世代の少女とは、明らかに違っていた。

その中で一際、印象的だったのは、自分の話を聞く知香の瞳であった。その麗しい瞳は、自分を凝視するでもなく、逸らすでもなく、まるで話す側の最も喋りやすい環境を、演出しているかのようだった。

そんな知香に接して、高木は、記者として、武次郎や南田の話の中で、知香という少女のイメージをそのようにしか描けなかった自分の未熟さを恥じていた。しかしすぐに気を取り直して、

「知香さんの将来の夢を聞かせてくれる?」

この質問は、傍で聞いていた洋子に一瞬、嫌な思いをさせたが、当の知香は気にもしなかった。

「最初は、ちゃんと勉強ができたら獣医さんになりたいと思っていました。でも、体がこんなだし、それは無理ですから、今は、早く病気を治して、牧場でお馬さんのお世話をして、立派な競走馬を育てたいと思っています」

飾りけのない言葉で話した。

「それじゃあ長野に行くの?」

「それは分かりません」

「そうだね、牧場は北海道に沢山あるし……。でも知香さんは乗馬も上手だと聞いたけど、競馬

学校へ行く気はないのですか?」

「一番なりたかったのは騎手だったけど、私、運動神経が良くないの。それに、性格もこんなだから……」

「ハハハ、そうなんだ……。確かに、騎手になるには、知香さんの性格では優しすぎるかもしれないね」

　高木は更に、

「それと、これが、僕の一番知りたいことなんだけど、知香さんは、馬と話ができるって、長野の牧場長が言っていたけど本当?」

　知香はニコッとして、

「いえ、それはできません。でも、お馬さんは私の気持ちが分かるみたいだし、私も、お馬さんの目を見れば大抵のことは分かる気がします」

　高木は、その答えに、二度までも頷いた。彼は知香が本気で馬と話ができるなどとは思っていなかったし、その類の話を聞きたかっただけなのである。したがってその知香の答えは、彼を、充分に満足させた。

　他にも聞きたいことはあったが、知香の体を気遣って、最後に、気になるジェンヌの質問をした。

「ジェンヌは知香さんの愛馬ですよね。この前、走って十二着だったけど、ジェンヌはいつか勝てると思いますか?」

「分かりません。でも私は。ジェンヌが皆と走っている姿が見たいだけなんです」

「それでもやっぱり、勝たせてあげたいですよね!?」

「もちろん、そうなったら嬉しいけど、今のジェンヌじゃ勝てないと思います」

「どうして?」

「勝ちたいと思っていないから……」

「どうして、そう思うの?」

高木は、興味津々と、知香に質問を繰り返した。

「前にジェンヌに会った時、調教師さんが、ジェンヌには甘え癖があると言ってたけど、そのとおりだと思います。それでジェンヌに会わないようにしたけど、やっぱりダメみたい。昨日、楽しそうに走っていたけど、遊びながら走っていたし、ジェンヌから勝ちたい、という気持ちが伝わってこなかった」

「じゃあ、どうすれば、ジェンヌが勝ちたい気持ちになるのかなあ?」

「いえ、ジェンヌが、勝ちたいと思う気持ちではなくて、負けたくない気持ちになった時、勝てると思います」

高木は、その答えで、武次郎の言葉を借りれば、知香という天才的な少女の、馬に対する気持ちの大部分を知った。

「勝ちたい気持ち」「負けたくない気持ち」このいかにも紛らわしい二つの言葉は、その精神にとって、確かに大きな違う意味があった。

中学生の知香が、ジェンヌが勝つための条件として「負けたくない気持ち」と言った。高木は、昨日のジェンヌの走りは現場で見ていて、当然知っていた。単勝九十八倍の馬に「△」の印を付けた高木である、その走りが、気にならないはずはなかった。知香は遊びながら走っていたと面白い表現をしたが、高木の目には、そのようにも見えなかった。

しかしジェンヌは確かに、最後の直線で、三頭の馬を交わしている。しかもその追い越された馬は、自ら順位を落としていたようも見えなかった。とすれば、ジェンヌが自分の力で三頭の馬を追い越したことになる。それでは、結果的にジェンヌは、全力を出し切らずに負けたということか。

「これなんだ」と高木の目が一瞬、光った。

そして、時計に目をやった高木は、知香も少し疲れた表情を見せていたこともあって、

「長いこと、ありがとう、疲れたでしょう。今度は、競馬場で会いましょう」

と知香の細い手に、笑顔で握手を求めた。

「もし、私の記事が掲載されることになった時には、新聞を送ります」

高木は椅子から立ち上がると、

「早く、元気になってね」

ともう一度、知香に声をかけ、最後は洋子に、丁重に頭を下げて病室を出て行った。知香にも洋子にも、高木という初めて会った青年記者の好感度は抜群だった。

病院に知香宛の郵便物が届けられたのは、その五日後である。その郵便物は先日訪れた高木からのもので、封筒の中には昨日の日付けのスポーツ誌が一部入っており、記事の欄に付箋が貼られていて、すぐに、そこと分かるように気遣われていた。十四面のほとんどが競馬の情報を扱ったページであり、その片隅に高木の書いた記事があった。「馬と話のできる少女」と小さな見出し

が付けられたその記事は、次のように書かれていた。

「馬と話のできる美少女がいた。彼女は中学三年生で、村上知香さんといい、幼い頃から馬に興味を持ち、将来は騎手を夢見ていたという。彼女を知る競馬関係者は、彼女が気の荒い馬を、ひと言で宥めてしまった、と証言していた。本人の話では、馬は自分の気持ちを大抵理解してくれるし、自分も馬の目を見れば、馬が何を思っているかが分かる、と話している。その彼女の愛馬はジェンヌといって、先週の阪神四回二日目の新馬戦に出走したが、十二着に敗れた。そのことについて、彼女は、『ジェンヌは、遊びながら走っていた。ジェンヌが負けたくない、と思った時が、勝つ時』と話していた。その彼女は今、病気と闘っている。何年か後には、彼女の育てた馬が、中央のトラックを賑わしているに違いない」

この記事は密かに読者に波紋を呼び、どこで調べたのか、その後、何通かの見舞いの手紙や、「ジェンヌを応援しているから頑張って」などと書かれた励ましの手紙が知香の元に届いた。

しかし、知香の病気は、その励ましの手紙など無視するかのように、進行を早めていった。今では三日に一度の割合で発作が起きていて、この前起きた発作などは一時間ほど続いて、知香はベッドの上でのた打ち回るように苦しんだのである。既に知香の身も心もボロボロになっていた。

知香だけでなく、それに付き添う洋子は更に悲惨で、知香が苦しむ度に、我が身を切られるように、それ以上の苦しみを味わっていた。そして、病室を訪れた幹夫に、洋子は、

「あなた、話があります」

と病院の屋上へ、幹夫と共に上がっていった。洋子はそこに着くなり、高い塀に体を預けた。

「あなた。もう耐えられない。知香がこれ以上苦しむなんて……もういや」

洋子の声は周りの空気を激しく震わせた。

「知香は、今でも私たちを思って、耐えているのよ。もうこんなのたくさん。ね、お願いだから、知香が苦しまないように、お医者さんに言って！」

洋子は過去に一度も見せなかった厳しい顔を、今、幹夫に見せた。「痛みを和らげる方法はある」と医師は言っていたし、その方法をとることによって、知香にどんな結果をもたらすのか、洋子も知っていた。しかし、いずれ助からない命なら、知香を、せめて苦しまずに死なせてやりたい。それは、偽りのない親心であった。

「分かった、洋子。言おう、先生に。僕たちが知香にしてやれることは、もうそれしかないんだ」

幹夫はすぐに屋上を出ようとしたが、洋子に呼び止められた。

「わたし、怖い」

洋子は、幹夫の胸に顔を埋《うず》めて激しく泣いた。

幹夫と洋子はそこを出ると、その足で担当医の野口に面会を求めた。野口はすぐに、それに応じてくれて、幹夫たちを会議室のような部屋に連れていき、そこに三人は揃って腰を下ろした。野口は、洋子の目に涙の跡を見つけて、幹夫たちの言いたいことの、大凡《おおよそ》の見当はついていた。

「先生、知香は、もう助からないのですね？」

幹夫は野口にまっすぐに聞いた。そして野口が静かに目を閉じるのを認めて、

「先生、知香はまだ十五歳なんです。僕も家内も、親として、これ以上あの子の苦しむ姿を見てはいられません。どうせ助からないなら、たとえ知香がどのようになろうと、こうなった以上、知香が苦しむことのないように、先生にお願いするしかありません」

幹夫の言葉は、毅然としていた。

医師ならば、知香の痛みを和らげることなど、造作もないことではある。しかし、奇跡という言葉は使いたくないが、いつ、どのようにして患者の病気が治るか、その可能性は捨てきれるものではない。また、治ることを信じて、その時が来るまで、治療に全力を尽くすことは、医師として当然であった。その一方で、患者の体や心の痛みを取り除くことも、医師の重要な仕事の一つである。このような時、医師は、その狭間で、必ず葛藤することになる。

「分かりました。やむを得ません。お父さんたちのお気持ちは充分に理解できます。ここまで頑張ってきた知香さんのためにも、今度、発作が起きた時には、痛みが最小限に抑えられるように、処置いたしましょう」

野口は、幹夫たちの決意に対して、苦渋に満ちた決断の言葉を述べる他はなかった。

第二十八章　千羽鶴

達也たちのクラスでは、知香の病気が重大な局面にあることが、公然となっていた。その日の一時間目、担任教師の村岡が教室に入り、出欠を取ったあとで、和代が右手を挙げて、席を立ち、叫んだ。

「先生、私たちに時間を下さい」

「どうしたんだ？　小宮」

村岡は怪訝そうに和代を見たが、クラスの生徒もまた、達也と道子以外は、一斉に和代に視線を向けた。

「知香のために、千羽鶴を折りたいんです。いけないでしょうか」

和代の、予期せぬその言葉に、村岡は一瞬、目を閉じて考えていたが、

「小宮、分かった。だが、今は皆にとっても大切な時だ、先生だけでは決められない。皆の意見も聞こう」

村岡が言った時、一番後ろの席にいた「番長」のあだ名をもつ田村が、

「先生、皆の意見など、聞く必要ねえって。このクラスで反対する奴なんて一人もいねえよ」

と教室を揺るがすような声で言った。

「ありがとう。田村君」

その瞬間、和代は心で礼を言った。

「分かった。それじゃあ、皆、そうしてくれるか」

村岡が言うまでもなく、反対の者はいなかった。そして村岡は、生徒の思いやりに強い感銘を受けていた。

和代と道子は、すぐに教壇に上がり、

「皆、折り方は知っていると思うけど、色紙がそんなに余分ないから、とりあえず間違いのないように説明するね」

右と左に分かれて、用意していた折り紙で、鶴をゆっくりと折ってみせた。

千羽鶴が完成するまでに二時間が必要だった。途中、村岡は教室を出て、二時間目担当の教師に事情を話して、了解を得、また教室に戻り、その中に加わった。

その間、このクラスには、ひと言の無駄口もなく、時々、女生徒たちのすすり泣く声が、その静かな教室の中を流れていった。

翌日、土曜日の朝、和代と道子によって、それは届けられた。知香は最近になって、達也が病院に来るのを極端に嫌っていた。苦痛に乱れる自分の姿を、達也に見られるのが悲しかったのである。それでも達也は会わずにはいられなくて、知香の元を、洋子にその様子を伺いながら、訪れていた。

和代たちが病室に入ると、知香は静かにベッドからその体を起こして、笑顔で二人を迎えた。

「お願いね」

洋子は和代たちが来ると気を利かせたのか、部屋の外に出ていった。

「知香、寝てなくて平気なの？」

心配そうに和代は声をかけた。そっと頷く知香のやつれた顔が、和代の胸に痛かったが、涙もろい和代も、今の知香の前で涙を流せるほどの勇気はなかった。

「知香、これ、クラスの全員の気持ちなの。受け取ってね」

箱に丁寧に納められた千羽鶴を、道子は取り出して、窓の隅に掛けた。

「ごめんね。皆に心配かけて……　私、きっと良くなるから」

力のない声で、知香が言うと、

「そんなの、当然でしょ！　知香が元気にならないなんて誰も考えていないわ」

叱咤するように、和代が知香に視線を向けた。その時、道子がテレビ画面を見て驚くように、

「ね、あれ、木塚さんじゃない⁉」

知香と和代は、

「えっ」

と同時に声を出して、その画面を見た。

そこには、紛れもなく、あの早苗が多くの記者に囲まれて、何人かの見慣れた俳優や女優たちと共に並んでマイクを向けられていた。早苗は横浜に戻った後、テレビドラマのオーデションに応募して、何千人もの応募者の中から見事に合格して、大塚早苗という芸名で準主役に抜擢された。そして今、その製作発表の中継が行われていたのである。質問が早苗に移り、記者が、

「早苗さんは、初恋の経験は、ありますか？」

このドラマが若者たちの恋を描いたものであったために、聞き手も、当然のように、早苗にその話を向けた。

「はい、あります」

その歯切れの良い返事に、記者たちはドッと沸いたが、質問は続けられた。

「その人は、どんな人ですか？　今もお友達ですか？」

早苗はその質問にも、この場の雰囲気に飲まれることなく、しっかりとした口調で答えた。

「その人は、私の同級生で、頭が良くて、スポーツマンで、とても優しい人でした。でも、私の片思いだったのです」

「早苗さんが、片思いですか？」

「そうです。その人には、好きな人がいて。その女性《ひと》は私なんかが、とても敵わないほど、素敵な人でした」

「そうですか。早苗さんが片思いをするとは、考えられませんが」

「いえ、本当です」

早苗がここまで話した時、マネージャーが言葉の続きを止めた。これ以上の、この種の話は早苗にとってプラスにならない、と考えたのであろう。

当然この話題は、和代たちの学校でも大きな反響を呼んだが、今、この場では知香が、

「木塚さん、羽ばたいたのね、良かった！」

と言っただけで、和代も道子も大した話題にはしたくない様子だった。

第二十九章　秘　策

記者の高木は、馬の追い切りを見るために、朝早くから、栗東のトレセンにいた。先日、掲載されたあの小さい記事は、競馬関係者などを中心に意外なほどの反響があって、高木は大いに気を良くしていた。それもそのはずで、まだ新米の域を出ない彼の、あのような種類の記事が新聞に掲載されることは極めて稀で、同僚の記者たちからは、

「高木、一杯奢れよ」

などと冷やかされていた。

その高木は昨日、その礼も兼ねて、見舞いのつもりで車を走らせ、知香の病院を訪れたが、その時知香は、発作のあとの薬剤によって深い眠りについていて、面会はできなかった。彼は、手に持っていた花束を洋子に渡して帰ろうとしたが、

「少し、お時間、いただけませんか?」

洋子の方から声をかけてきた。

「あ、もちろんいいですよ」

高木もせっかくここまで来たのだから、と思う気持ちもあって快くそれを受け入れた。洋子は

高木から受け取った花束を、小さなポリ容器に水を張り、そこに丁寧に立てて置くと、

「それじゃあ、すみません。そちらまで」

部屋を出て少し歩いた所に休息のためのソファーがあったので、洋子は高木をそこに案内して、自分もそれに腰を下ろした。高木は、洋子の横顔を見てまず驚いた。この前、初めて洋子に会ってから、幾日も経っていないはずなのに、洋子の頬は痩《こ》けて、その端正な顔からは生気が失せていた。

「高木さん、最近のジェンヌのことは、ご存知ですか?」

洋子はその顔を、高木に向けて尋ねた。

「はい。ジェンヌのことはよく知っています、あれ以来、あの馬には密かに注目していますから」

「そうですか。ジェンヌは勝てると、お思いになります?」

「それは、難しい質問ですね。ジェンヌは二度走って、二度とも十二着でしたし、すぐにでも、ということになると、ノーと言わざるを得ませんね。でも、僕個人としては、いずれ勝てると信じています。問題は、先日、知香さんが言っていたように、ジェンヌが、いつ、〝負けたくない〟という気持ちになるか、ですね」

「そうですか。それはそうですよね。もともと、勝てないつもりで、預かっていただいたのですから……」

洋子は髪をかきあげる仕草で、両膝に肘をつきながら、

「知香に、ジェンヌの勝つところを、せめて一度見せてあげたかった」

洋子のこの沈んだうめくような呟きは、確かに高木の耳に届いて、

「お母さん、それはどういう意味ですか？」

洋子の悲壮な表情は、高木を平常な心ではいさせなかった。

「申し訳ありません。お会いして間のない高木さんにこのようなことを言うのはどうかと思いますが、知香は、今日明日が危ない命なのです。知香は、ジェンヌがレースに出られるだけでいいと強がっていますが、心の中では、きっとジェンヌが勝つことを夢見ていると思います」

正常な精神状態の洋子であったなら、このようなことを二度会っただけの高木に話すはずはなかったが、今の洋子の精神状態は、極限まで伸びきった輪ゴムのように、いつそれが切れてしまおうと不思議ではなかった。洋子は、自分が死ぬことで知香が助かるなら、今すぐにでも、何の迷いもなく死を選んだに違いない。想像を許さない苦しみの中で、今、洋子は、自分が知香にしてやれることだけを考えていた。そんな時、絶妙なタイミングで、高木が洋子の前に現れたのである。咄嗟に、「知香にジェンヌが勝つところを見せてやりたい」と彼にすがったところで、誰がそれを責められようか。

高木は、洋子にかける言葉を探していたが、

「何と言ってよいのか分かりません。そうとは知らずに、この前お伺いした時、知香さんに無理をさせてしまいました」

彼は深々と頭を下げた。洋子は慌てて、

「いえ、そんなつもりで言ったのではありません。ただ、私は、知香が命のあるうちにジェンヌに、できるものなら、勝ってほしいと……」

「分かりました。南田さんには、お母さんの気持ちを、そのまま伝えておきます」

高木は、洋子に携帯の番号を教えてその場を去った。そして今ここにいる。

そのジェンヌが、三度目の未勝利戦を走るのは、再来週の日曜日である。そのレースには過去に二着や三着を経験した馬が四頭も出走を予定している。状況からいって、とてもジェンヌが勝てるレースではない。高木は、無力感に襲われながらも、来週出走する馬たちの動きを入念に観察していたが、一通り見終えた後、気になるジェンヌのいる南田調教師の元を尋ねた。

南田は来週、自厩舎《じきゅうしゃ》の馬が重賞レースに出走するために、鋭い眼光でその馬の追い切りを見つめていた。高木は南田が一段落するのを待って、昨日の洋子との約束を果たした。

「病気だとは聞いていたが、そんなに悪かったのか……」

南田は、一日に三本ほどしか吸わない煙草に火を点けて、それを大きく吸い込み、一気に吐き出し、

「分かった。厳しいと思うが、やれるだけのことはやってみよう。今度が、あいつの最後のレースのつもりで……」

と眉間に深い皺を寄せて、鋭い視線を高木に向けた。

そして高木と別れた南田は、追い切りを終えたジェンヌに騎乗する、耕作を自分の部屋に呼んだ。

「耕作、俺はジェンヌの今度のレースに、一生に一度の大冒険をするつもりだ」

「………？」

南田はいきなり、その決意を口にした。

「いいか、耕作。ジェンヌは決して未勝利戦を勝てない馬じゃない。ただ、走る気持ちがないだ

けなんだ。しかし今度の相手も、今までのように後ろから行ったのでは絶対に届かんだろう。幸いジェンヌはスタートが上手い。そこでだ。ゲートを出たらすぐに、二、三発叩け。後続馬を離せるだけ離して、思い切り逃げろ。そしたら何頭かの馬は必ず潰れる。あとはジェンヌのスタミナに賭けてみる。それしかない。いいか、もう一度言うぞ。ゲートを出たら、すぐに鞭を入れろ」

「千八百メートルが、もつでしょうか？」

　今まで口答えなどしたことのない耕作の返事であった。

「だからこそ、大冒険だと言っているんだ」

「すみません」

「相手が潰れるか、ジェンヌが潰れるか。イチカバチカだ」

　南田は、独り言のように呟いた。

　耕作は、いつもあれほど馬を大切にする南田が、今日に限ってなぜ、このような危険な行為に出るのか分からなかったが、最後には「先生の言うことに間違いはない」と手に拳を作って何度も頷きながら、真一文字に結んだ口唇を舐めた。

　確かに、このような激しい言葉を使う南田ではなかったが、今回だけは、勝てないまでも掲示板にだけは載せたかった。

「ジェンヌ、おまえの一番好きな知香ちゃんのためだ。分かってくれるな」

　南田の勝負師としての顔がキラキラと輝いていた。

第三十章　夕陽は今も

土曜日の夕刻、達也と栄治が病院を訪れた。この日の知香は最近になく体調が良く、ベッドを久しぶりに離れて、身の回りの整理や、病院の中を洋子と共に散歩していた。知香は達也たちを見かけると嬉しそうに部屋に招き入れて、自分の手で飲み物を二人に出した。

そこに幹夫が入ってくると、

「ね、お父さんたち、久しぶりに、皆で一緒にお食事でもしてきたら!?」

元気な頃の知香が蘇ったような懐っこい笑顔に、

「そうだな、そうするか！　達也はどうする？」

「僕はいいよ。知香の守りをしなければいけないし」

達也が、元気な知香の姿を見て嬉しくなったのか、珍しく冗談めかして言うと、

「もう、何よ、お守りって。私、達也君にお守りをしてもらわなくてはいけないほど子供じゃあないわよ」

細くなった知香の手が、達也の肩を軽く叩いた。

「じゃあ、お言葉に甘えますか」

幹夫は二人に、目を細めた。

「でも飲み過ぎないようにね。二人で飲むと必ず酔っ払うんだから」

それは、幹夫たちが久しぶりに聞く知香の小言であったが、知香が元気であれば、いつでもそのうるさい小言は聞けたはずだった。

「じゃあ、達也君、知香をお願いね」

洋子が言って、三人は揃って出かけていった。

「ね、達也君、屋上に行こ。達也君、上がったことないでしょ。綺麗よ、今だったらまだ海も見える」

三人が出かけるのを待っていたように、知香は達也を誘った。

屋上に来ると、二人の目に、まるで、空が燃えているかのような夕焼けが飛び込んできた。色白の知香の顔が紅く染まっている。

知香は夕陽に向かって大きく深呼吸をした。いつもであれば夕凪《なぎ》の時間であったが、今は少し浜風が吹いている、去年の今頃は確か、達也と早苗のことで悩んでいたが、元気だったその頃が恨めしい。自分が死んだ後も、この夕陽はこの島を照らすだろう。そして、父や母はどのように悲しむのか。自分の恋した達也は、ジェンヌは——。他人《ひと》以上の優しさがある故に、知香には他人以上の苦しみがあった。

「知香、寒くないか?」

カーディガン姿の知香を、達也は気遣った。

「ううん。大丈夫」

知香は、夕陽に向かったまま、後ろ髪を整える仕草で言った。

「ね、達也君、勉強は上手くいってる？」

「うん、何とかね」

「そう、良かった。でも私のために随分、無駄な時間を使わせてしまったね」

「また、そんなこと言うだろ、知香は。いい加減にしろよ。僕は何一つ知香のために犠牲にしたものなんてないよ」

「ありがとう、達也君、相変わらず優しいね」

伏目がちに言う知香の姿が、達也には愛しい。

「私、この前達也君に、小さい頃、大人になったら達也君のお嫁さんになりたいと思っていたと言ったでしょう。あれ嘘」

「………？」

「勘違いしないでね。嘘と言ったのは、小さい頃ということ。今だってできるなら、達也君のお嫁さんになりたい」

「………」

「そして、私たち、お互いに一人っ子だから、沢山、赤ちゃんを育てるの。できたら達也君に似てほしいな。私、運動神経が良くないし、運動会で、惨めな思いさせたくないものね……」

知香は言葉の間で一瞬、目に手をやった。

「フフフ。私、何言ってるんだろ。まだ中学生の私が言うことじゃないよね。それに、そんなこと、何もかも夢なのに」

「何が言いたいんだ？」

　と返す達也にも、知香の言いたいことの見当はついていた。

「ごめんなさい。怒った!?」

「そうじゃないんだ。僕だって知香と同じだよ、でも、今はそんなこと聞きたくない。知香、弱気になるなというのは無理かもしれないけど、諦めたらダメだよ。この前も言ったけど、元気になればどんな夢だって叶えられるんだ」

　そしてそれが今、達也の言える唯一の言葉だった。

　やがて二人に沈黙の時が流れた。秋の太陽は瞬く間に沈んでいき、夕陽さえもわずかにその色を変えた。

「ね、達也君。夕陽の向こうに、何があるのか、分かる？」

「何だろ？」

「私には分かる」

「何が？」

「だから、夕陽の向こう。もうすぐ私が行く所」

「やめろよ」

「達也君、いつか私に、真実を見つめろ、って言ったわね。私はもう、元気にはなれない」

「やめろよ……」

「あんなに、私のことを励ましてくれたのに、元気になれなくて、ごめんね。私、達也君のこと、忘れない」

「やめろと言ってるんだ知香。何を好きなこと言ってるんだ。今、諦めるなと言ったばかりじゃないか。誰が知香を死なせると言った。僕が絶対に死なせない。もしも神様が知香を死なせると言うなら、僕が神様と戦ってやる」

　驚くような声がその屋上に響いたが、達也はあくまでも男らしく、目を空に向けて涙を落とさなかった。

「夕陽の向こう」元気な知香が言ったなら、それはこの場での知香の感傷と受け取れた。だが、今の知香は死を強く意識していることが達也にはわかる。それだけに、その言葉は達也の胸を強烈に弾いた。知香には、今でも達也を悲しくさせたくない、とする気持ちはあった。しかし、それに矛盾する言葉を知香はあえて口にしたが、それは達也に甘えることのできる時間がもういくらもないことを感じていたに他ならなかった。

　そして、知香には、自分を見つめる達也の目が涙を堪えているのが分かった。沈黙の時がまた流れた。やがて知香は目を伏せて、スリッパ履きの脚を静かに達也の背後に進めた。

「達也君、私、死にたくない！」

　達也の背に、知香の小さな胸の膨らみがわずかに触れて、二つの影が、さりげなく一つとなった。

第三十一章　羽ばたけジェンヌ

病院を出た達也は栄治の運転する助手席で、

「お父さん、知香はもう、助からないんだね」

消え入りそうな声で言い、栄治は静かに頷いた。

「僕は、知香に何もしてやれなかった。知香が死ぬと分かっているのに、何もしてやれてないじゃないか……」

達也の、膝の上の拳が激しく戦《わな》ないていた。

「達也、そんなに自分を責めるな。おまえは、知香ちゃんを愛したじゃないか。お父さんたちが見ていて切なくなるほど。知香ちゃんには、おまえの気持ちは充分に届いているはずだ」

達也は、栄治の言葉をぼんやりと聞いた。そんな達也の目に、車窓を飛んでいく街の光が、幾重にも見えて通り過ぎていった。

一方知香は、明日、出走するジェンヌのことが気がかりで仕方がなかった。と言うより、ジェンヌを思うことで少しでも今の自分から逃げだしたかった。そして知香は、達也に見せる涙も決して両親には見せなかった。

そのジェンヌに対して、過去二走は、ただ中央のトラックを走っている姿を見るだけでそれなりの喜びは感じていたが、そのレースの後の余韻はいつも砂を噛むような空しさだけが残っていて、自分の愛したジェンヌが、他のほとんどの馬たちに何の抵抗もなく敗れ去っていく姿がもどかしく、今の知香はもっと強いジェンヌを見たくなっていた。

「お父さん、ジェンヌは、今度もやっぱり勝てないのかしら?」

「うん、難しいだろうね。でもどうしたんだ? 知香はジェンヌが走るだけで良かったのじゃあなかったのか」

「そうだったけど、なんだかこのままじゃジェンヌがかわいそうで……」

「そうだね。知香がそう思うのは無理ないだろうけど、どの馬も皆、勝ちたいと思って走っているのだし、そう簡単には勝てないよ」

「うん、それは分かっているけど……」

「それに、知香だって、ジェンヌが勝てると思って、競走馬にしたわけじゃあないのだろ?」

知香は、幹夫のこの言葉にも小さく頷いた。

「だったら、もっと長い目で見てやらなくては、それこそジェンヌがかわいそうだよ」

「そうじゃないの。私の言い方が悪かったけど、ジェンヌが優勝するとかじゃあなくて……私はただ、ジェンヌが競走馬として輝いている姿が見たいの」

「どういう意味だ?」

「ジェンヌは、レースに出て、ただ皆について楽しそうに走っているだけ。あんなふうにしたのは、私のせいかもしれないけど、ジェンヌには、もっと競走馬としての本当の楽しさを分かってほしいの」

「知香、やっぱりそれは無理なんじゃないのかな。ジェンヌはまだ、大人じゃないんだよ」

「そうかもしれないけど、私は、今のジェンヌだと、どこまでいっても変わらない気がする」

「じゃあ、どうすればいいんだ？」

「私にも、それは分からない」

知香には、上手く言えない、苛立ちがあった。

「やっぱり、ジェンヌを競走馬にしたいと言った私が、間違いだったのかもしれないわ」

「知香はどうしていつもそうやって自分を責めるんだ。勝てないのはジェンヌだけじゃない。半分以上の馬が一勝もできずに競走馬生命を絶たれていく厳しい世界なんだ。知香のように考えていたら、誰一人、馬主になんてなれないよ」

幹夫は喋りながら、自分の考えが知香に分かってもらえるとは思っていなかった。なぜなら、知香には多くの大人たちがもつ、物欲の欠片もなかったからである。知香のジェンヌに勝たせてやりたい理由の全てが、ひとえにジェンヌの幸せにあった。いや、それしかなかったと言ってもいい。

「それじゃあ、勝てなかった馬は、どうなるの？」

「それは……。それぞれ、違った生きる道があるさ」

知香の、その難しい質問に、幹夫はあいまいな答えを出した。

「ジェンヌは、競走生活を終えたあとはまた、知香の元へ戻ってくるんだし、それでいいじゃないか」

「そうね。でも今の私にはジェンヌに何もしてやれない」

それが知香の本音であった。勝てばジェンヌは種牡馬として、一生、幸せになれる。まだその世界の仕組みを知らない知香が、そう考えたとしても不思議ではなかった。

「お父さん、お願い。私を、競馬場に連れてって！」

その言葉は突然であったが、幹夫には知香がいつそれを言い出すか、予期していた節があって、むしろ口元にわずかな笑みさえ浮かべ、「だろうな」といささかの驚きも見せなかった。元々、知香が元気でさえあれば、とっくに競馬場でジェンヌの応援をしていたはずである。

「しかし現場でジェンヌの負けるところを見たら、もっと悔しくなるかもしれないよ」

「ううん、いいの、それでも……。でもジェンヌは、私がいれば負けないわ」

「ハハハ、驚いた自信だな。知香はジェンヌの話になると、まるで人が変わるんだから」

知香も自分で声を出して笑った。傍で父子の問答を聞いていた洋子もクスッと忘れていた笑顔を見せていた。

「でもお父さん一人では決められないよ。先生に聞いてみなければ」

「うん、分かってる。お父さん、絶対、頑張ってきてね」

「任せておきなさい」

啖呵《たんか》をきった幹夫は、主治医の野口に会うために、すぐさま病室を出ていった。

その野口は、今日の外来の診察を全て終え、診察室で書類の整理をしていた。

許可を得た幹夫は、その部屋に入っていき、野口に知香の希望を告げ、自分もまた、その希望を叶えてやりたいと、切に訴えた。そして、野口の返事を待ったが、その野口はわずかに思案を

巡らせた後、

「村上さん、医者として、そうしなさいとは言えませんが、確かに今、知香ちゃんに必要なものは、注射や薬ではありません。生きようとする、知香ちゃん自身の気力です。幸いにこのところ、大きな発作も起こっていませんし、どうぞ、知香ちゃんの好きなようにさせてあげて下さい。ただ、もしも病院から離れた所で発作が起きた場合のことを考えると、それだけが気になります。私が、同行できればいいのですが、明日の日曜日は、医師会があって、それに出席しなければなりませんし……」

「とんでもありません、知香には私たちが細心の注意を払いますから」

とその時、

「先生、私が付き添います」

看護師の淳子であった。

「僭越かもしれませんが、私、明日はお休みだし、知香ちゃんと一緒に行きます」

淳子は野口に訴えるような目で、二度までも言った。

「しかし、君は今夜は当直なんだろ!?　寝なくて大丈夫なのか?」

野口は、「そうしてもらえれば安心だが」と思ったが、あえて即答は避けた。

「大丈夫です、先生。私、若いですから、一日くらい寝なくても全然平気。是非そうさせて下さい」

淳子の目は偽善ではなかった。知香のためを思う幹夫と同じ、真実の目に野口は見えた。

「それじゃあ、そうしてくれるかね」

野口の優しそうな唇が、淳子に動いた。

「看護師さん、ありがとうございます。知香もあなたと一緒ならきっと、大喜びでしょう」

幹夫は感謝の意を述べて、知香の病室に戻っていった。

病室に戻った幹夫が知香にその報告をした時、知香がどれほど喜んだのかは言うまでもなかった。

洋子は、幹夫の報告を聞いた後、密かに高木記者にその旨の電話を入れた。

翌日、知香たちにとって運命の朝を迎えていた。天が与えてくれたのか、その日の知香は昨日に続き体調も良く、秋の深い空には太陽を遮る一点の雲もなく、まさに絵に描いたような秋晴れであった。

知香たちと当直明けの淳子を加えた四人は、幹夫の車に乗って、京都競馬場へと向かっていった。その競馬場の存在する淀には、午前十時頃到着して、ちょうど、第一競走のファンファーレが場内に鳴り響いているところだった。知香は幼い頃、父に連れられてこの競馬場に来たことがあったが、知香には元よりその記憶はなかった。そこはやはり、テレビで見るそれとは大きく違っていて、夢やロマンを胸に、新聞などを手にした家族連れや恋人らしき若者たちも、続々と改札口を入っていった。

ジェンヌは第四競走の未勝利戦に出走予定で、それまでには、まだかなりの時間があった。幹夫はジェンヌが出走する時、いつもそうするように、各スポーツ紙に目を通していたが、今回もまた、日日スポーツの高木以外は、示し合わせたように、ジェンヌには何の印も付けていなかった。

　ただ、その中で高木だけは前走の「△」から「◎」へと印を変えていた。過去二走成績がいずれも十二着の馬を本命馬に推すことは、さすがに高木にも抵抗はあったが、しかし彼は「ええい、いってしまえ」とそれを付けたのだった。その無責任と言われれば、そのとおりの行為も、彼の若さと、思い切りの良さが成せる業だった。その高木のポケットには、京都4レース単勝16番の勝馬投票券、千円分がなぜか二枚、密かに収まっていた。

　その高木に知香たちが会ったのは、パドックを横切って、本館に入ろうとしていたところであった。

「先日は、失礼いたしました」

　相変わらず若者らしく清々しい笑顔で、高木の方から知香たちに声をかけてきた。

「ほら、例の日日スポーツの高木さん」

　洋子が、幹夫に紹介をすると、幹夫も丁重に挨拶をした。そして幹夫は、

「あなたが高木さんですか。今までジェンヌが走る時には、あらゆる新聞を見ましたが、高木さんだけはジェンヌに必ず印を付けていますね。あれ以来、私は高木さんのファンなんですよ」

　それは幹夫の外交辞令ともとれたが。

「いやあ、ご覧になっていましたか」

　照れ笑いを浮かべながら、しかし高木はその理由までは言わなかった。そして彼は、

「よろしければ、馬主席に案内しますが」

　と誘ったが、知香は、

「近くで見たいの」

笑顔で断った。

その知香に、高木が、

「これ、この前のお礼だよ。知香さんは、まだ買えないからね」

それは、自分の買った勝馬投票券の内の一枚であった。初めて見る小さな薄っぺらいこの券を、知香は大いに喜んで、自分のカバンに大切そうにしまった。

やがて知香たちは本館を出て、正面スタンドの最前列に席を取ったが、知香の横には健気にも、淳子が絶えず知香の体を気遣うように寄り添っていた。知香の周りの人たちはレースを終える度に入れ替わっていて、悲喜交々《こもごも》の表情をそれぞれが見せていた。

レースは早くも第三競走が終わり、ジェンヌの出走する第四競走を迎えようとしている。

「知香さん、パドックにジェンヌがいるよ」

高木が声をかけたが、知香は、

「はい。でもここにいます」

その席を動こうとしなかった。知香にはジェンヌの傍に行きたい気持ちも確かにあったが、ジェンヌのためにも会わないでいる方がいい、と冷静な判断をしたのである。

そして十一時十分。場内アナウンスによって第四競走に出走する各馬が順序よく本馬場に入ってきた。最後にアナウンスされたのがジェンヌであった。

「十六番、ジェンヌ、マイナス十六キロ」

ジェンヌは、海野耕作騎手を背に、本馬場に入るとすぐに正面スタンドの反対方向へと勢いよく駆けていった。アナウンサーはジェンヌをマイナス十六キロと紹介したが、知香にはその意味さえ分からなかった。この時期、決して大型馬とは言えないジェンヌが、なぜ前走から十六キロも体重を落としたかの理由《わけ》は、関係者の一部だけが知っていた。ファンたちはジェンヌの過去二走の成績と共に、その体重減も嫌って、ジェンヌの人気は過去最低のものとなり、単勝は１３６倍と表示されるに至った。つまり人気から言えば、ジェンヌにはほとんど勝ち目はなかったのである。

発走直前、各馬はスタンド前の発走地点に集合したが、まだ経験の浅い若駒たちは落ち着かない様子で、馬上の騎手はそれを宥めようと様々な努力をみせていた。

十六番のゼッケンを付けたジェンヌを間近に見た知香は、懐かしさと共に胸の高鳴りを抑えきれずに、

「お父さん、もっと近くに行きたい」

と柵のすぐ傍までその足を進めていった。

やがて、スタータの小旗が振られて運命のファンファーレが鳴り、ゲート入りが始まった。それはスムーズに行われて、最後にジェンヌが十六番ゲートに引かれた。ガシャッという音でゲートは開き、十六頭の馬は一頭の出遅れもなく飛び出していった。

ジェンヌに乗った耕作は、ジェンヌがスタートよくゲートを飛び出すと、南田の指示どおり、すぐに一発、二発と右鞭を入れた。ジェンヌは鋭く反応してアッと言う間に他馬を引き離して、向こう正面では、二番手の馬に十五馬身ほどの大差をつけて、独走していた。意表をつかれた形の後続馬の中には、早めにジェンヌを捕らえようと、ペースを乱して三コーナを回ったあたりで、

南田の予想どおり、何頭かの馬がズルズルと後退していった。ジェンヌは、右に寄れながらも、四コーナを無難に回り、まだ四馬身ほどのリードを維持していた。

しかし、残り百五十メートル地点、正に、知香たちの前を走り過ぎようとした時、満を持していた後続馬がドドドッと押し寄せてきた。知香は祈る気持ちで見ていたが、その後続馬の先頭が今ジェンヌに馬体を合わせようとした、その時、横にいた幹夫たちが驚くような声で、

「ジェンヌ！」

悲鳴に似た声をあげた。それは知香の満身からの火の玉のような、愛の叫びであった。そして、その声は確かに、その絞られたジェンヌの耳に届いた。それはジェンヌにとって、今は懐かしい、あの知香の声である。「知香ちゃんが見ている。くそー、負けるものか」ジェンヌがそう思ったかどうかは分からないが、ともかく、この時ジェンヌは競走馬としての本能に目覚めて、初めて「負けたくない」と思った。

知香の周りの人々は、それぞれ自分の期待する馬に大きな声援を送っていたが、最早、わずかに先頭を行くジェンヌが、その馬群に沈んでいく姿は、誰の目にも明らかだった。しかし馬上の耕作が「ここまでか」と思った矢先、完全になくしていたジェンヌの手応えが、手綱を通して俄然伝わってきた。耕作はそれを見逃さず、「今だ！」と叫んで、渾身の右鞭を二発、三発と入れた。ジェンヌは、鋭い反応を見せて、最後の力を振り絞りググッと伸びた。そして三頭が横一線に並んだまま、ゴール板を激しく駆け抜けていった。その瞬間、観衆は大いにどよめき、

「三番だ」

「いや七番だ」

「何言ってるんだ十六番だよ」

などと、口々に自分自身で勝手な判定をくだしていた。

知香は、胸の前で手を組んだままの姿勢を崩そうとせずに、ゴール板を走り抜けていったジェンヌを潤んだ目で追っていたが、そのジェンヌからは、耕作がなぜか下馬をしていて、知香の目にも分かる、ぎこちない歩様で本馬場を去っていった。

判定にはかなりの時間を要したが、正面の電光掲示板に上から「16」「3」「7」と点滅を始めて、すぐに「確」の字と共にその点滅は止まった。

固唾を飲んでその判定を待っていた観衆からは、その瞬間、溜め息に似たどよめきと歓声が競馬場を支配した。京都第四競走ダート千八百メートルはこうして終わったが、有力馬がことごとく馬群に沈む結果となり、歴史的な大波乱となった。

ジェンヌは勝った。ジェンヌと別れて半年、何もしてやれないもどかしさの中で知香は、どんな時でもジェンヌを思ってきた。ジェンヌもまたその気持ちは同じであろう。そして、ジェンヌは知香が夢にさえ見得なかった、「勝利」の二文字を贈ってくれた。知香は喜ぶことさえ忘れて、電光掲示板に点《とも》された「16」の文字をいつまでも見つめていた。

「よかったね、知香ちゃん」

淳子のその言葉で我に返った知香は、

「ジェンヌ、大丈夫かしら」

とポツリと呟いた。

そのジェンヌが、右前脚複雑骨折のために予後不良の診断結果を受けた、との報告が、浅井から幹夫に届いたのは、帰りの車の中であった。ジェンヌは知香たちに素晴らしい贈り物をしたが、その結果として、あまりにも大きな代償を払ってしまった。だが武士が戦場で死ぬことを善しとしていたように、ジェンヌもまた、短い生涯ではあったが、競走馬として、歴史にわずかではあったがその名を刻み、淀の森に花と散ることができた。ジェンヌは、おそらく本望であったであろう。

その報告を受けた幹夫は、知香に配慮して、

「分かりました、お気遣いなく。それではまた、こちらから、お電話しますから」

それだけ言って、電話を切った。

やがて知香たちを乗せた白い車は、どこまでも青く澄んだ空を映した海に架かる海峡大橋を、滑るように走り抜けていった。そして知香の手には、高木からもらった「京都4R、単勝16番、ジェンヌ」と書かれた的中した勝馬投票券が、そっと握られていた。

第三十二章　遥かなる愛と命

興奮の面持ちが覚めやらぬまま病院に戻った知香を待っていたのは、知香の意識不明という現実であった。知香は自分の病室へ入るのを待っていたかのように、ジェンヌの勝利の余韻を味わう間もなく、床に崩れるように倒れた。全ての気力も体力も絶え果てたかのように。その瞬間、淳子は、

「動かさないで下さい」

と言い残して、当直医を呼ぶために、顔色を変えて部屋を駆け出していった。洋子はただ夢遊病者のように、

「知香、知香」

と繰り返して、その名前を呼ぶことが精一杯であった。

医師は、すぐに何人かの看護師を伴って、知香に駆け寄り、ストレッチャーにその体を乗せて、集中治療室へと連れていった。幹夫たちにとっては正に青天の霹靂であった。何をすることもできず、ただ呆然と、医師たちの慌しい声だけが二人の耳を掠めていった。集中治療室に入った幹夫たちの目に飛び込んできたものは、今までに何度か目にしていた、心電図の映像の不気味な動

きであった。ベッドに横たわった知香は、ピクリとも動かず、幹夫たちは蒼白な顔面で空白の時を送った。

一人の医師は、幹夫たちに向かって、

「大丈夫です。わずかに不整脈はみられますが、今の段階で危険な状態とは認められません」

それは、幾度となくその場を経験した医師の自信に満ちた言葉であった。

そのように一応の判断をされた知香は、その後、適切な処置を受けて、昏睡状態のまま、また元の病室に戻された。

それから三日目の夜を迎え、洋子の付き添う体力も限界を遥かに超えていたが、知香への愛情だけがそれを支えていた。だがそれにも耐え切れずに、洋子は知香の枕元に顔を伏して居眠りしてしまったが、洋子が居眠りをして間もなく、知香の布団の襟元がわずかに動く気配があった。洋子は幻のようにそれを見たが、知香の顔を更に覗き込み、知香の唇が微かに動いたことを、今度は確かな目で確認した。洋子は慌てて、枕元に設置されていた連絡用のボタンを押した。

「どうしましたか?」

それは看護師の待機室に繋がり、すぐに応答があった。

「知香が、知香が動きました」

洋子の色めき立つような声に、看護師が部屋に飛び込んできて、野口も時を移さずに駆けてきた。野口は知香の傍に立つと労るように、

「知香ちゃん、私が分かりますか?」

その声に微かに頷き、知香のその目は瞬きもせずに宙を見つめていた。野口はこの場合におけ

る最善の処置を施したあとで、洋子を病室の外に連れ出して、決定的な言葉を告げた。

「知香ちゃんが気づいたのは奇跡としか言いようがありません。しかし、逆に危険な状態が早まったようです。お身内の方々に連絡をして下さい」

愕然と、目も空ろに、洋子は、

「そ、それじゃあ知香は……」

「非常に危険な状態です。お急ぎ下さい」

つい一時間ほど前まで、幹夫も知香の傍にいたのである。洋子はガタガタと震える手で、幹夫に電話をいれた。電話の向こうで幹夫は、

「洋子、落ち着くんだ。親として立派に見送ってあげなくてはいけない。すぐに行く。あとは僕が連絡をとるから、君は知香から離れるな。いいか、絶対に離れるんじゃ……」

最後の言葉が途切れた。

病室に戻ると、その部屋を何人かの看護師たちが慌しく出入りを繰り返して、いよいよ知香の死が迫っていることを窺わせていた。

知香は意識不明の中で、そのまま死の世界に向かっていたとしても不思議ではなかったが、天は、せめての思いやりなのか、知香を、もう一度この世に戻してくれた。しかし、それを知香の生命力とするには、あまりにも悲しい。

「お母さん……知香、頑張れなくてごめんね」

激しい息遣いの中、知香は途切れる声で洋子に詫びた。

「ううん。知香は頑張ったよ。もういい。これ以上頑張るのはやめようね」

母としての究極の愛がそこにあった。

「…………」

「お母さんこそ、知香をもっと、元気な子供に産んであげられなくてごめんね」

詫び合う母と娘は手を取り合った。その知香の手はあまりにも細かった。

ほどなく、幹夫が部屋に入ってきた。そしてその後、栄治も達也と和代を伴って病室を訪れた。

和代には、達也が連絡を入れたのであったが、「ぜったい、私も行く」と、こうしてこの場に来たものの、和代は両手で口を覆って、部屋の片隅で体を小刻みに震わせながら立っていられるのが不思議なほどだった。

「知香、小宮さんも来てくれたのよ」

洋子が声をかけると、

「かず、来て」

それにさえ応えることのできない和代の震える背に達也が手を添えて、知香の傍まで連れていった。

「…………」

知香の傍に来た和代の顔は、もう涙でくしゃくしゃだった。

「かず、来てくれたのね」

「いけなかった?」

知香は首をわずかに横に振った。

「ううん。でも、そんなに泣かないで、かずは、ほんとうに、泣き虫ね」

「知香、私たちを悲しくさせないで。いつまでこんな所にいる気なの。早くおうちに帰りましょ。そして、もう一度元気になって皆と遊ぼ、ね」

死を迎えようとしている知香よりも、哀しい目の和代であった。

「……ごめんね」

「どうして謝るの。謝ってなんかほしくない。知香は私たちに元気になるって言ったじゃない！」

「………」

「知香、私たちとの約束を破る気なのね。一度だって破ったことのない約束を……」

それだけ言うと和代はたまらずに部屋の外に飛び出していった。

達也もそれに続いた。そして知香は、

「お父さん、お母さん。もうすぐ私はお星様になるけど、急いで私の傍に来なくていいよ。私の分まで、長く生きてね」

「知香……」

洋子の発しようとする声が言葉にならない。

「お、お父さん」

「ここにいるよ」

「……私がいなくなっても、お母さんに優しくしてね」

それは、知香ができた最後の思いやりだった。しかし多分、今の言葉は知香の意識が言わせたものではなかった。無意識の中で、知香の本能が呟いたものに違いない。だが、幹夫は知香の満身に向かって応えた。

「知香、お母さんとお父さんの愛は永遠なんだ。どんなことがあっても、お父さんはお母さんを愛し続ける。そして知香のことも……」

「……よかった……。私、もう一度生まれても、お父さんと、お母さんの子供でいたい」

「…………」

そしてついに、わずかに残された体力がその限界を迎えようとした時、

「私、もう眠りたい。たっちゃんを、呼んで」

知香が再び「たっちゃん」と呼んだ瞬間であった。和代を慰めていた達也は、その時、栄治と並んで知香のベッドの傍で静かに立っていた。達也は栄治に目をやり、栄治が頷くのを見て、その枕元に寄った。

「僕だよ……」

力なく達也の手を探る知香の手を、洋子は達也に持っていき、そっと握らせた。おそらくもう、知香の目は見えていなかった。

「たっちゃん、今までたくさんの思い出をありがとう。私、全部持っていくから……」

「なんだよ、知香。知香は僕のお嫁さんになるんだろ。たくさん子供が欲しいと言ったじゃないか。死ぬなよ、知香」

達也は握った知香の手を揺すった。

「たっちゃん、キスして……」

知香が絞りだすような声で言った。思いもよらないその言葉に達也は一瞬ためらったが、

「達也君お願い」

と言う洋子の声に、知香の額にそっと口づけた。知香はわずかに微笑み、閉じられたその目に涙が溢れた。その涙の上に達也の涙が重なり、知香の目尻を伝って清流のように流れていった。

達也をずっとずっと好きで、それが愛となり、恋になった。そして今、その恋が実った時、儚くも終わろうとしていた。刹那、知香は薄れゆく意識の中で、達也の唇の温かさを感じながら、最後の力をしぼった。

「たっちゃん、ありがとう。私、もう眠るね――」

達也の握っていた知香の手が急に重たくなり、わずかに浮かべたままの知香のえくぼが上を向いた。その瞬間、野口は静かに知香の手を取り、脈を確認し、目を覗いた。

「ご臨終です」

ハスキーな野口の声がその部屋に鈍く響いた。

「知香ちゃん、いい夢を見るんだぞ」

うめくような声の主は栄治であった。洋子の涙は枯れていた。ただひと言、

「知香、よく頑張ったね……」

と知香のこぼれた涙の跡をそっと指で拭って、抜け殻のようにその頬を知香の頬に合わせたまま、動こうとしなかった。思えば、洋子が二十三歳の春、難産の末、元気な産声をあげたのが知香であった。そして初めて自分の横で寝かされた知香を、洋子は母としての全ての愛情を滲ませながら、今と同じ仕草で抱いていた。その記憶さえ、まだしなびるほどの時を経てはいない。

知香は、今までの愛と命を優しくて美しい音色で奏でてきたが、それはまだほんの序曲にしか過ぎなかった。

「知香、少し休んだら、また目を覚ますのよ」

うわ言のように呟く洋子の心は知香の死を認めることを今になっても許さなかったが、それさえも儚く、すぐに確かな死の証明が知香の体に現れた。知香の唇はみるみる紅を失い、紫色に変わり、わずかに見えた頬のくぼみもやがて消えた。淳子は、知香に縋る洋子の体をそっと離して、白い布でその顔を覆った。

村上知香、享年十五歳。あまりにも短い生涯であったが、そこには花も咲き実もなった。少なくともその足跡は数奇なものではなかった。それが幹夫たちにとって、せめてもの慰めであろう。達也に恋をして、和代たちのような素晴らしい友人がいて、ジェンヌだって知香の人生の一ページを賑わしてくれた。

その幹夫の霞のかかった目が、棚に立てかけてあった知香の目新しい日記帳に届いた。それは、達也との、最初で最後の、知香がいうデートの時、神戸で買った日記帳である。幹夫は、何も書かれていないはずのそれを、パラパラッと何気なく捲ったが、その中ほどにきた時、それが止まった。その止めたページには、押し花がされていて、明らかに知香の手で文字が書かれていたのである。それにはただ一行、

「知香がんばれ。ここまできたら、誉めてあげるからね」

そう書かれていた。

ここで幹夫も堪《こら》えきれず泣いた。

この日記帳のこのページまでくるのにどれほどの時間がかかったというのだ。ここまで生きていれば、知香が自分を誉めてやれたじゃないか——。

そして、叩いても揺すっても動かない知香を、幹夫は最後に涙の声で叱った。

知香の遺体はその夜、我が家に戻ってきた。知香が元気に帰っていたら一番にジェンヌのいた厩舎に立ち寄っていたはずである。その厩舎には菊の花が飾られていて、ジェンヌの好物だった、人参やりんごなども並べられていた。

葬儀はカナダにいる祖父たちの帰国を待って、明後日ということになり、その夜は、幹夫や洋子と達也親子らで、小さな棺の中の知香を寂しくさせなかった。

そして葬儀の日、幹夫が、

「見栄と言われようが、何であろうが、家屋敷を売ってでも、知香の葬儀を寂しいものにはしない」

その言葉に違わずに、それは後に語り草になるほどの想像を絶するものであった。ジェンヌに跨って微笑む知香の遺影は、手を合わせる人々に今すぐにでもそこから飛び出してきそうな錯覚さえ与えた。そして読経の流れる中、参列者の涙を誘ったのは、やはり、和代の別れの言葉だった。

「知香、かずだよ。知香はお星様を見るのが好きだったよね。あなたの星はどこにあるの？　今度晴れた夜、空を見るから、きっと教えてね。いっぱいいっぱいお話をしましょ。知香は走るのが遅くて、私が追い越したことを怒っていたけど、もう知香を追い越すことなんてできないのね。そんなのダメだよ知香。私があなたに勝てる唯一の宝物だったのに。

あなたの走りは多分私たちの学校で一番遅かったと思うけど、あなたの優しさには誰も勝てなかった。知香のいる所にはいつも、お花が咲いていたよ。一つだけ言っておくね。あなたは天国に召されていったけど、一人じゃないのよ。お父様もお母様も、クラスの皆も、心の一つをあなたにあげる。だから、一人だなんて思わないでね。そしてさよならなんて言わない」

参列者の中で、泣かずにいた者は一人としていなかった。気性の激しい武次郎などは、周りを憚《はばか》らずに声をあげた。

その参列者の中に異色な人物が混じっていた。黒い淵の眼鏡をかけた、髪の長い女性だった。一見、大人びて見えたが眼鏡の奥の目はまだ幼かった。その女性の両脇には若い男性がピタッと寄り添っていて、その体制を崩さぬまま焼香を終えた。そしてその目が達也を見つけた時に、その女性は丁寧に頭を下げた。達也もそれに応じた。その男女三人は、高級車に乗って、すぐにこの場から去っていった。一部の人が気づいてその場がわずかにざわめいたが、それもすぐに収まった。

そして出棺の時がきて、別れのための棺が開けられた。そこには純白のウェディングドレスを着た知香の姿があった。それは洋子が幹夫と愛を契りし時、その身を包んだドレスであった。もしも知香が元気であったなら、このドレスを着て達也の傍で微笑む知香の姿を見るのも、そんなに遠い日ではなかったはずである。だから洋子は知香に夢の続きを見せたかった。そしてもう一つ、「知香は決して死んだのではない。天国へお嫁にいったのだ」と、せめて思いたかった。

達也はその意を汲み取るように、蘭の花一輪を知香の黒髪に差した。その達也が、知香の死に対して悔いがないというなら、それは嘘になる。あれほどまでに自分を愛してくれた知香の病状をもう少し早く知ることができたなら、まだまだしてやれたことが沢山あった。無念が胸を突く。だが達也はあくまでも気丈に振る舞った。母のその時がそうであったように。

やがて血涙の散る中、知香の眠る棺はどんよりと曇った空の下、多くの参列者に見送られながら斎場へと向かっていった。今は涙の修羅もおさまり、ただ、すすり泣く声だけが静寂を裂いていた。ほどなく親族と永遠の別れをした知香は、図らずも舞い落ちる小雨の淡路の空に、白い煙と共に消えていった。

その夜、達也は、

「お父さん。僕、決めたよ。知香がなれなかった獣医になる」

それは、達也の知香に対する、最後の贈り物であった。

外では、本降りになった雨が達也の胸の内を語るように、音を立ててこの島に降り注いでいた。

著者プロフィール

笹田　栄喜（ささだ えいき）

愛媛県佐田岬半島出身。
大阪の高校を卒業後、事務職を中心にいくつかの業種を経験し、
かねてからの夢であった小説の出版を本作で実現。
吉川英治の『新書太閤記』は全巻暗記するほど熟読。
趣味は古賀メロディーのギターでの弾き語り。
この小説の舞台となった淡路島は幾度となく訪れた思い出の地で、
心のふるさとである。
現在『小指と小指』（仮題）を執筆中。

遥かなる愛と命

2004年3月15日　初版第1刷発行

著　者　笹田 栄喜
発行者　瓜谷 綱延
発行所　株式会社文芸社
〒160-0022　東京都新宿区新宿1－10－1
電話　03-5369-3060（編集）
03-5369-2299（販売）

印刷所　株式会社平河工業社

ISBN4-8355-7151-7 C0093